井上眞弓
鈴木泰恵
深沢　徹

平安文学十五講

翰林書房

はしがき

みなさんは、平安時代の文学にどのようなイメージを持っていますか。きらびやかな衣装をまとった深窓のお姫様と麗しき若き貴公子の恋の世界、という感想を聞くことがあります。本当にそのような世界であるのか、読んで検証してみましょう。

本書は、平安時代の文学のうちのごく一部ですが、興味をもって読んでほしい和歌や物語・随筆などから、テーマに添った数場面をとりあげ、十五回の講座にまとめたものです。平安時代は、古代中国である唐や朝鮮半島から移入した文物が価値を持つところから始まりました。そうした公的な舶来の文化と私的な在来の文化のせめぎ合いやそれぞれの文化が交錯するさまを文学は伝えています。そのあたりを本書ではすくい取って構成しました。

その時代に生きた人の世界観がどのようなものであったか、また、何に心を動かし、どんな思いで生きていたのか、文学作品を読んで考えてみましょう。平安時代の文学を読むことの楽しみを見つけて、みなさんにとって文学がより身近なものとなることを願ってやみません。

編　者

平安文学十五講　目次

凡例

一、本書は、大学・短期大学における平安文学講読・平安文学史用のテキストとして編集した。
一、読解の手引きとして、各作品の略解題を設けた。
一、依拠した本文は、学生が図書館等で手に取りやすいものとし、各作品の略解題末尾に明示した。
一、用字は原則として依拠本文に従ったが、読解の便を意図して一部改めた部分もある。
一、頭注欄に略注を付した。

第一講 大唐世界帝国の崩壊を目の当たりにして

◆ポイント◆ほれぼれするほどみごとな「漢文」で書かれながら、その漢文の本家本元である唐帝国の崩壊のきざしを、『入唐求法巡礼行記』はつぶさに記録する。ここに生じているのは、表現形式（漢文）と表現内容（漢字文化圏の崩壊）とが相反する、皮肉なネジレ現象である。拠るべき文化の規範がゆらぐとき、それに代わる新たな規範を求めて、文化の胎動が始まる。その模索・探求の軌跡を、以下に始まる平安文学にたどってみよう。

入唐求法巡礼行記《にったうぐほふじゅんれいかうき》◆

マルコ・ポーロの『東方見聞録』や玄奘三蔵の『大唐西域記』に比肩する世界の三代旅行記として、本書は高い価値を持つ。筆者の慈覚大師円仁《ゑんにん》（七九四〜八六四）は、当時最新の思想であった「密教」を比叡山にもたらすべく、師の最澄の求めに応じ、仁明天皇の承和五（八三八）年に渡唐する。しかし足かけ十年におよぶその求法の旅のさなか、武宗皇帝による「会昌《くわいしやう》の破仏」に巻き込まれる。俗人に姿を変えて長安の都をなんとか脱出。帰国の船を求めて沿海部へと向かう逃避行の途上、登州（山東半島）の勾当《こうたう》新羅所（新羅居留民事務所）にあって、武宗の死の報に接する。その過酷な体験は、やがて纐纈《かうけち》城《じやう》説話（『今昔物語集』巻十一の十一話など）として語り伝えられる。その一方で、円仁により唐土からもたらされた膨大な典籍・文物は、比叡山を日本における教学の中心へと押し上げた。宇多天皇の寛平六（八九四）年に遣唐使は廃止され、それから数年して唐は滅ぶ。原漢文。（本文は平凡社東洋文庫に拠った）

会昌四年（承和十一）三月

道士①は奏して云ふ、「孔子②説いて云《いは》く、李《り》氏は十八子にして昌運方《まさ》に尽く。便ち黒衣の天使ありて国を理《おさ》むと。臣等窃《ひそ》かに惟《おも》へらく、黒衣③なるものは是《これ》僧人なり」と。皇帝其の言を受け、此《これ》に因りて僧尼を憎み嫌ふ。意《こころ》に云ふ、「李字④は十八子なり。今上は第十八代に当るが為に、恐らくは李家の運尽き、便《すなは》ち黒衣なるものありて位を奪はんか」と。功徳⑤使は諸寺に帖し、勅に准じて、僧尼の街裏《まちなか》を行き、鐘声⑥を犯すを許さず。若《も》し出づる者あれば、事は須《すべか》らく、諸寺の鐘声未だ動かざる已前に、各本寺に帰り訖《おは》るべし。又別寺に宿するを許さず。若し僧尼ありて、街裏を行きて鐘声を犯し、及び別寺に向かひて宿し、一夜を経るものは、違勅罪を科す。従前は午後寺を出づるを許さず。今は鐘声を侵すを許さざるなり。

①神仙思想に基づき不老長寿や羽化登仙をめざす修行者。後に名前の見える趙帰真のこと。②『論語』の注釈という体裁で偽作された緯書（予言書）の一節を引くか。③仏教徒の僧侶が着る衣服。五行相剋では水（黒色）は火（赤色）に勝つとされ、これによれば唐王朝はみずからを火徳に位置づけていたと思われる。④「李」の字を分解すると「十八子」となる。⑤仏教や道教などの宗教関連施設を管轄する役所。⑥寺院から出て昼食の施業を信者から受けるのを禁じた規定。

会昌四年（承和十一）七月

潞府①を打つ兵は、他界②に入るを得ず、但《ただ》界首③にあり。頻《しき》りに勅催④あり。「消息なきを怪しむ。征兵して多時、都《すべ》て征罰を聞かざるは何ぞ」と。彼の兵衆は驚懼《きょうく》し、界首の牧牛児・耕田夫等を捉《とら》へ、送りて京に入れ、妄《みだ》りに「叛人を捉へて来たる」と称す。勅して封刀を賜ひ、街衢《がいく》に於いて三段に斬らしむ。両軍⑤の兵馬、周着⑥して之《これ》を殺す。此《かく》の如く送来

①潞州（山西省長治県）に拠点を置く辺境防備の節渡使で、前年の九月十三日条に叛したことが見える。②潞州反乱軍の支配領域。③反乱軍の支配領域の手前。④皇帝からの要請。⑤左右の神策軍のこと。皇帝直属の禁軍（近衛軍）であった。⑥とり

するものは相続きて、兵馬絶えず。

⑦尋常の街裏《まちなか》に斬らるる尸骸《しがい》は路に満ち、血は流れ、土を湿《うるほ》して泥と為《な》る。看《み》る人は道路に満つ。天子は時々看来し、旗や鎗《やり》は交横して⑧繚乱たり。⑨見《げん》に説く、「送られて来たるものは是《これ》唐の叛人ならず。但是《ただこれ》界首の牧牛・耕種の百姓、⑩枉《ま》げて捉はれ来たるなり。国家の兵馬は元来《もとより》他の界に入らず。⑪王が事無きを恠《あやし》むを恐れ、妄《みだ》りに無罪の人を捉へ送りて京に入るなり」と。両軍の⑫健児は人を斬る毎に、了《おは》れば其の眼や肉を割《さ》きて喫《くら》ふ。⑬諸坊の人は皆云ふ、「今年、長安の人は人を喫ふ」と。

会昌五年（承和十二）三月

三月三日、①築台成就して仙台を進む。人君は台に上り、両軍の②中尉、諸《もろもろ》の③高班、道士等は皇帝に随《したが》ひて上る。両軍の中尉は④趙帰真に語りて曰はく、「今日仙台を進め了《おは》れり。知らず、公等は求めて仙を得るや否や」と。帰真は頭を低《た》れて語らず。見《げん》に説く、「仙台は高さ⑤百五十尺、上頭の周円は⑥七間の殿基と斉《ひと》し。上に⑦五峯楼を起こす。中外の人は尽く、孤山の高く聳《そび》ゆるを遙かに見るを得。⑧終南山の盤石を般《はこ》びて四つの山崖《さんがい》を作り、⑨龕窟《がんくつ》、⑩盤道の尅飾《こくしょく》は精妙なり。便《すなは》ち松栢《しょうはく》、奇異の樹を栽《う》ゑたり」と。笑ふ可《べ》くも、意に称《かな》ふ。便ち勅あり。「道士七人をして台山に於いて⑪飛練求仙せしむ」と。

かこむこと。⑦戦場ではない平和な日常生活。⑧散り乱れるさま。⑨実際に耳にしたところでは。⑩こじつけて。⑪軍事的な成果。⑫兵士のこと。⑬条坊制により区画された長安の市街地。

①羽化登仙するため皇帝が築かせた高楼。②長官のこと。当初四等官だったが宦官がその任に当たったことでその地位を高め、禁軍の実質的な長官職となった。③高位の臣下。④武宗をそそのかして仏教排斥政策をとらせた中心人物。武宗没後捕えられ斬殺された。⑤四六・六五メートル。⑥柱間七間の大きさ。⑦楼閣五基を建て並べる。⑧長安西郊にある山。⑨厨子のように窪んだ壁面。道教の神像を安置する。⑩迷路のように曲がりくねった岩道。⑪羽化登仙のための修行をさせた。

会昌五年（承和十二）三月

人主は又仙台に上り、勅して音声人①をして左軍中尉②を推落せしむ。音声人は之《これ》を推《お》すを肯《がえ》んぜず。勅して問ふ、「朕、推さしむるに如何《いかん》か奉ぜざる」と。音声人奏して云ふ、「中尉は是国家の重臣なり、敢へて推し下せず」と。天子怒りて脊《せ》を打たしむこと二十棒なり。台上に在りて、道士を恠《あやし》んで云ふ、「朕は両度台に上る。卿《けい》等《ら》未だ一人の登仙するものあらず。何の意ぞ」と。道士奏して曰ふ、「国中に釈教は道教と並行するに縁《よ》り、里気③越着④して仙道を碍《さまた》ぐ。所以《ゆゑ》に登仙を得ず」と。人君は両街の功徳使に宣して云ふ、「卿ら知るや否《いな》や。朕は是の若《ごと》き何師⑤も尽《ことごと》く要せざるなり」と。

会昌五年（承和十二）三月

皇帝は宣して云ふ。「般土①の坑《あな》は極めて深く、人をして恐畏、不安ならしむ。朕は之《これ》を塡《うず》め得んと欲す。事は須《すべか》らく、台を祭る日に仮りに斎を設けて台を慶すと謂《い》ひ、惣《すべ》て両街の僧尼を追ひて左軍裏に集め、其の頭を斬りて用《も》ちて坑を塡《うづ》むべきなり」と。検枢卜②は密《ひそ》かに奏して云ふ。「僧尼は本是《もとこれ》国家の百姓③なり。若《も》し還俗して各自に生を営ましむれば、国に於いて利あり。請ふ、追ひ入ることを用ゐざれ。請ふ、本司に仰せ、尽く勅して還俗せしめ、逓《てい》して本貫④に帰し、宛《あ》て邑役⑤に入れんことを」と。皇帝は点頭《うなづ》き、良久《やや》しくして

①奏楽担当の臣下。身分的には賤民階層に属した。②禁軍（近衛）左翼の長官で宦官の楊欽義のこと。内長官（内侍省の長官）で特進（正二品）の高位にあった。③黒衣を着す僧侶たちの悪い気。④勢い盛んで道教に勝っていること。⑤高徳の僧侶たち。

①仙台築造のため土を運びだしたあとの穴。②未詳。軍政や機密を管轄する枢密院にあってト占に従事する者のことか。③一般庶民。④本来の戸籍。⑤労働力として雑役に従事させること。⑥平穏な気持ち。⑦官の下す文書。ここでは身の安全を保証する証明書もしくは辞令のこと。

乃《すなは》ち云ふ、「奏に依れ」と。諸寺の僧尼は亦斯《またこ》の事を聞き、魂魄《こんぱく》は守⑥を失ひて向かふ所を知らず。

円仁は状を通じ、請願して還俗し、本国に却帰《きやくき》せんことを請ふ。功徳使は状を収《をさ》めて未だ処分あらず。但頻《ただしき》りに⑦牒《てふ》あり来たりて安存せしむ。

①長安近郊の民政を管轄する役所。前日の十三日に還俗したので円仁の身柄はその管轄下に移った。②国家公認の旅行証明書（パスポート）。③公験に添える地方役所宛ての文書。④インドのこと。⑤経、律、論の三つに通暁した優れた僧侶のこと。⑥京兆府の役人。⑦公験と公憑の二通。⑧しかるべき有力者。⑨賄賂を贈ってしかるべき便宜をはかってもらうこと。

会昌五年（承和十二）五月

十四日、早朝①京兆府《けいてう》に入りて②公験《くげん》を請ふ。恐らくは③公憑《こうひよう》なければ路《みち》に在りて為すこと難かるべきか。④西国の⑤三蔵等七人も且《また》同じく府に在りて公験を請へり。⑥府司は判じて⑦両通を与へたり。牒して路次に仰せ、人を差《つか》はして逓過せしむるものなり。会昌元年より已《い》来《らい》、功徳使を経て状を通じ、本国に帰るを請ふこと、計百有余度なり。又曾《かつ》て⑧数箇有力の人に属《しよく》し、物を用ゐて⑨計会したるも、又去るを得ず。今は僧尼還俗の難に因り、方《まさ》に帰国するを得るは、一悲一喜なり。

①武宗の死去したのは三月二十三日。②喪服のこと。③丹薬の副作用によるか。

会昌六年（承和十三）四月

四月十五日、聞く、「天子崩ず①」と。来る数月、諸道の州県は哀を挙げ、孝衣②を着し訖る。「身体は③爛壊《ただれ》て崩ぜり」と。

第二講　やまとことの葉をひろう

◆ポイント◆漢詩漢文を主とした唐風文化を移入し、律令国家体制の樹立を志向した時期を経て、やまとのことの葉の文芸が見直される時を迎えた。その折は、また仮名文字の発達した時期にあたり、やまとことの葉文化事業が『古今和歌集』の編纂という形で現れた時代に当たる。この勅撰和歌集には、秀歌撰の編纂という文学的命題があるのだが、他方、制作を指示した天皇を文化天皇とする政治戦略の側面も見出だされるだろう。

古今和歌集《こきんわかしゅう》◆

二十巻、約一千百首を四季・恋・賀・羇旅《きりょ》等に分類している。一説によると、延喜五（九〇五）年に醍《だい》醐《ご》天皇より和歌集選進の勅が発されたという。撰者は、紀友則《きのとものり》・紀貫之《きのつらゆき》・凡河内躬恒《おほしかふちのみつね》・壬生忠岑《みぶのただみね》。「詠み人知らず」の時代の歌、「六歌仙」の時代の歌、「撰者」の時代の歌と三つに大別できるが、四人の選者の歌を集計すると全体の四分の一にもあたり、いかに戦略的に当代性を表明しているかを見ることができる。「六歌仙」とは、喜撰法師《きせんほうし》・文屋康秀《ぶんやのやすひで》・在原業平《ありわらのなりひら》・僧正遍昭・小野小町・大友黒主のこと。（本文は新編日本古典文学全集に拠り一部改めた。）

仮名序1　うたの本義

①やまとうたは、②人の心を種として、よろづのことの葉とぞなれりける。世の中にある人、③ことわざしげきものなれば、心に思ふことを、見るもの聞くものにつけて、言ひいだせるなり。花に鳴く鶯、水に住む④蛙《かはづ》の声を聞けば、⑤生きとし生けるもの、⑥いづれかうたを詠まざりける。力をもいれずして、⑦天地《あめつち》を動かし、目に見えぬ⑧鬼神《おにがみ》をもあはれと思はせ、男《をとこ》女《をんな》の仲をも⑨やはらげ、⑩猛《たけ》き武士《もののふ》の心をも慰《なぐ》さむるは、うたなり。

①漢詩《からうた》に対して倭歌《やまとうた》。「古今集」でここしか用いられない語。
②人の心を元として歌ができることを種・葉を用いて例える。
③事と技。生活をしていく上での事件や行為。
④清流に生息している河鹿《かじか》。
⑤生きているもの皆。
⑥どの者も皆、うたを詠まないことがあろうか。
⑦天や地の神々。天神地祇。
⑧もの・死者の霊魂。「毛詩正義」序、「詩経」大序、「礼記」「楽記」に同様な表現がみえる。
⑨親密にする。
⑩勇猛な武人。

仮名序2　うたの流れ

今の世の中、①色につき、人の心、②花になりにけるより、③あたなるうた、はかなきことのみ出でくれば、色好みの家に④埋もれ木の、人知れぬこととなりて、⑤まめなる所には、⑥花薄穂に出だすべきことにもあらずなりにたり。

その初めを思へば、かかるべくなむあらぬ。いにしへの代々の帝、春の花の朝《あした》、秋の月の夜ごとに、さぶらふ人々を召して、ことにつけつつ、うたを奉らしめたまふ。あるは⑦花をそふとてたよりなき所に惑ひ、あるは月を思ふとてしるべなき⑧闇にたどれる心々を見たまひて、さかしおろかなりと⑨しろしめしけむ。しかあるのみにあらず、⑩さざれ石にたとへ、⑪筑波山《つくばやま》にかけて君を願ひ、よろこび身に過ぎ、たのしび心に余り、⑫富士の煙によそへ

①目にみえてわかる美。
②華美。
③役にたたない歌。
④「知れぬ」の枕詞。
⑤おおやけの場所。
⑥「ほ」の枕詞。「ほに」は「穂《ほ》に」と「秀《ほ》に」の掛詞。
⑦花に自分の思いを込める。

て人を恋ひ、松虫⑬の音に友をしのび、高砂《たかさご》・住江《すみのえ》の松も相生《あひおひ》⑭のやうにおぼえ、男山⑮の昔を思ひ出でて、女郎花のひとときをくねる⑯にも、うたを言ひてぞ慰めける。

仮名序3 『古今和歌集』編纂の意気込み

人麿①亡くなりにたれど、うたのこととどまれるかな。たとひ時②うつりことさり、たのしびかなしびゆきかふとも、このうた③の文字あるをや。青柳④の糸もたえず、松⑤の葉の散りうせずして、まさき⑥の葛《かづら》長く伝はり、鳥の跡⑦久しくとどまれらば、うたのさまを知り、ことの心を得たらむ人は、大空の月を見るがごとくに、いにしへ⑧を仰ぎて、今⑨を恋ひざらめかも。

コラム

『古今集』末尾には紀淑望《きのよしもち》の「真名序」があり、和歌の本質。起源・歴史、古今集成立過程等が漢文で認められている。序文とはいうものの仮名で書かれた序文は巻頭に、漢文で書かれた序文は末尾に付されている。

真名序（冒頭部の原文書き下し）

夫《そ》れ和歌《わか》は、其《そ》の寝心地《ねここち》に託《たく》し、其《そ》の花詞林《しりん》に発《ひら》くものなり。人の世にあるや、無為《むゐ》なること能《あた》はず、思慮遷《しりようつ》り易《やす》く、哀楽相変《あいらくあひへん》ず。感《かん》は志《こころざし》に生《な》り、詠は言《げん》に形《かたち》はる。ここを以て逸《いつ》せる者《もの》は其《そ》の声を楽しみ、怨《ゑん》ぜる者は其の吟《ぎん》を悲しむ。以て情《じよう》を述べつべく、以て憤を発すべし。天地《あめつち》を動かし、鬼神《きじん》を感《かん》ぜしめ、人倫《じんりん》を化し、夫婦《ふうふ》を和《やは》ぐること、和歌《わか》より宜《よろ》しきはなし。（略）

⑧月の縁語。不案内な土地。
⑨「知る」の尊敬語。
⑩巻七　343わが君は千代に八千代に細れ石のいはほとなりて苔のむすまで
⑪巻二十　1095筑波嶺のこのもかのもに蔭はあれど君がみかげにますかげはなし等。
⑫富士山が煙を上げていたという伝承によっている歌が入集されている。
⑬今でいう鈴虫のこと。
⑭長いことともに生きてきた。
⑮巻十七　889今こそあれ我も昔は男山さかゆく時のありこしものを
⑯恨む。　巻十九　1019花と見て折らむとすれば女郎花うたたあるさまの名にこそありけれ
①柿本人麻呂。「万葉集」を代表する宮廷歌人。
②「長恨歌伝」「移時去事、極歓楽多哀情」。
③うたの文字は存続することだろう。感動の意あり。
④枝の長さより「絶えず」の序詞。

⑤常緑より「散り失せず」の序詞。
⑥蔓草より「長し」の序詞。
⑦書き付けの意。鳥の足跡が文字に似る。「古今集」をさす。
⑧**「万葉集」**の時代
⑨当代。編者の自負がみえる。

---

①光の枕詞。
②落ち着いた心
③どうして散るのだろうか。
④宇多帝譲位後の寛平法皇御所で延喜十三（九一三）年に行われた歌合。
⑤風が止んだ後にも残る余波。
⑥青空を水面に見立てている。
⑦空に飛んだ桜の花びらを白「波」にたとえる。
⑧宇多帝譲位後の御所にある屏風。
⑨感動の間投助詞。
⑩紅葉が雨のように散って。
⑪光孝帝の第二皇子。歌合は寛平五（八九三）年以前に開催か。
⑫獣害から作物を守る番小屋。
⑬稲負鳥とも。渡鳥の一種か。

春の歌

84
桜の花の散るをよめる　紀友則
久方①の光のどけき春の日にしづ心②なく花の散るらむ③
（巻二　春歌下）

89
亭子院歌合歌《ていじのゐんのうたあはせ》④　紀貫之
さくら花散りぬる風のなごり⑤には水⑥なき空に波⑦ぞ立ちける
（巻二　春歌下）

秋の歌

305
亭子院⑧の御屏風の絵に、川わたらむとする人の、紅葉の散る木のもとに、馬を控へて立てるをよませたまひければ、つかうまつりける　凡河内躬恒
立ちどまり見てを⑨渡らむ紅葉ばは雨⑩とふるとも水はまさらじ
（巻五　秋歌下）

306
是貞のみこ⑪の家の歌合の歌　壬生忠岑
山田もる秋の仮庵⑫ほに置く露はいなおほせ鳥⑬の涙なりけり
（巻五　秋歌下）

第三講 言葉で恋する女たち

◆ポイント◆平安時代初期、平仮名がつくられ、「生きとし生けるもの、いづれか歌をよまざりける」（古今集仮名序）と言われる時代になった。女たちは、この新たな文字で自身の生を恋を、歌にしていった。

古今和歌集《こきんわかしゅう》II◆

小野小町は平安前期の歌人で、六歌仙のひとりであるが、その生涯はほとんどわかっていない。ただ、各地に小町塚があり、さまざまな伝説に包まれている。歌集は『小町集』。伊勢は平安中期の歌人で、三十六歌仙のひとり。父は藤原継蔭。その名はおそらく父が伊勢守であったのに由来する。七条后藤原温子に仕えた後、宇多天皇の皇子を生み、さらにその後、宇多天皇の皇子敦慶親王との間に、中務を生む。歌集は『伊勢集』。小町も伊勢も恋歌で知られる歌人であった。以下の歌は、『古今集』所載の小町の恋歌と伊勢の恋歌である。『古今集』については第二講参照。（本文は新編日本古典文学全集に拠った）

小町の恋歌

恋歌《こいのうた》二

題しらず

思ひつつ寝《ぬ》ればや人の見えつらむ夢と知りせば覚めざらましを

うたた寝《ね》に恋しき人を見てしより夢てふものは頼みそめてき

いとせめて恋しき時は①うばたまの②夜の衣を返してぞ着る

恋歌三

題しらず

③みるめなきわが身を④うらと知らねばや離《か》れなで海人《あま》の足たゆくくる

⑤秋の夜も名のみなりけり逢ふといへばことぞともなく明けぬるものを

うつつにはさもこそあらめ夢にさへ⑥人目をよくと見るがわびしさ

限りなき思ひのままに夜もこむ⑦夢路をさへに人はとがめじ

夢路には足もやすめず通へどもうつつに一目見しごとはあらず

①夜・黒・夢などの枕詞。
②夜着を裏返しに着て寝る、夢のなかで恋しい人に逢えるという俗信があった。
③「見る目」と「海松布《みるめ》」の掛詞。
④つれない女。「憂ら」と「浦」の掛詞。
⑤秋の夜は長いとされていた。
⑥あなたが人目を避けている夢を見たというのである。
⑦夢路で逢うことまで人も咎めまいの意。

⑧浦を見よう（恨めしい）とばかり言うのだろう。「浦見」と「恨み」の掛詞。

恋歌四

題しらず

海人のすむ里のしるべにあらなくに⑧うらみむとのみ人の言ふらむ

恋歌五

題しらず

⑨今はとて我が身時雨に⑩ふりぬれば言の葉さへにうつろひにけり

色見えで移ろふものは世の中の人の心の花にぞありける

⑪秋風にあふ田の実こそ悲しけれわが身むなしくなりぬと思へば

⑨もうこれまでだとばかりに。この句は第四句以下「言の葉さへに移ろひにけり」に続く。

⑩「降り」と「古り」の掛詞。

⑪「秋」と「飽き」の掛詞。「田の実（稲の実）」と「頼みの掛詞。

伊勢の恋歌

恋歌三

題しらず

知るといへば①枕だにせで寝しものを塵ならぬ名のそらに立つらむ

①枕は秘する恋を知っている。

恋歌四

題しらず

夢にだに見ゆとは見えじ朝な朝なわが②面影に恥づる身なれば

③わたつみと荒れにし床を今さらにはらはば袖や泡と浮きなむ

④故郷《ふるさと》にあらぬものからわがために⑤人の心の荒れて見ゆらむ

恋歌五

題しらず

⑥あひにあひて物思ふころのわが袖に宿る月さへ濡るる顔なる

⑦仲平朝臣あひ知りて侍りけるを、離《か》れがたになりにければ、父が大和守に侍りけるもとへまかるとて、⑧よみてつかはしける

⑨三輪の山いかに待ち見む年経ともたづぬる人もあらじと思へば

物思ひけるころ、ものへまかりける道に、野火の燃えけるを見てよめる

冬枯れの野辺とわが身を⑩思ひせば⑪もえても春を待たましものを

題しらず

人知れず絶えなましかばわびつつもなき名ぞとだに言はましものを

②鏡に映る容色の衰え。
③悲しみの涙で濡れた床。
④旧都、旧宅。荒廃した所。
⑤夜離れをする相手の心。
⑥自分の顔と月の顔がとてもよく似ているの意。
⑦藤原仲平。伊勢が恋し、失恋した相手。
⑧仲平に。
⑨三輪山は大神《おおみわ》神社の神体。この歌は「わが庵は三輪の山もと恋しくはとぶらひ来ませ杉立てる門」(古今集、雑下、読人しらず)をもとにした歌。人を待つ三輪山と伊勢とが同化している。
⑩「思ひ」の「ひ」は「火」と掛詞。「燃え」の縁語。「せば〜まし」は反実仮想で、春(若さ)に回帰できず恋人の心をとり戻しえぬ切ない思いが詠まれている。
⑪「燃え」と「萌え」の掛詞。

第四講 異郷の〝もの〟と生きる

◆ポイント◆平安初期、大陸より渡来した仏典をはじめとする文物や技術は、平安前期・中期、やまとことばの文化のなかで相対化を経て、文化的価値が読み替えられていった。もはや貴重品という一義的な意味ではなく、起源という、過去の意義を強く持つものとなった。異文化を摂取し、異文化を自国のものとする際に見える意識革命の物語という側面から、『うつほ物語』を読んでみよう。

うつほ物語《うつほものがたり》◆

全二十巻の長編物語。遣唐使となった俊蔭は唐土に渡る折に嵐に遭い、異界・異国をさまよう。そこは、転生以前の来歴を知る場所でもあった。彼の地で得た琴を俊蔭は日本にもたらす。異国の〝もの〟を取り入れ、それとともにどう生きていくかという命題は、当代の時代意識を表している。『うつほ物語』は、最終的に入内するあて宮への求婚の話を織り込みつつ、俊蔭一族のもたらした異郷の琴を巡る音楽と栄華の歴史を語り取っている。（本文は室城秀之『うつほ物語 全』に拠り、一部改めた。）

俊蔭1 かしこき子

昔、①式部大輔《しきぶのたいふ》、②左大弁《さだいべん》かけて清原の大君、③皇女《みこ》腹に男子《をのこ》一人持たり。その子、心の聡《さと》きこと限りなし。父母④いとあやしき子なり。生ひ出でむやうを見むとて、⑤書《ふみ》も読ませず。言ひ教ふることもなくて生ほし立つるに、年にも合はず、丈《たけ》高く心かしこし。

①式部省次官。帝に学問を講義する役職者より選出される。
②太政官。左の弁官局長官。
③嵯峨院の異腹の姉にあたる。
④不思議な子。あまりに賢いことへの疑義。
⑤漢詩・漢文等、学問の書物。

俊蔭2　異国へ渡る

父母眼《まなこ》だに二つありと、思ふほどに、俊蔭十六歳になる年、①唐土《もろこし》船出だし立てらる。こたみは、殊に才かしこき人を選びて、大使・副使と召すに、俊蔭召されぬ。父母悲しむこと、さらに譬ふべき方なし。一生に一人ある子なり。かたち・身の才、人にすぐれたり。朝《あした》に見て夕べの遅《おそ》なはるほどだに、②紅の涙を落とすに、遙かなるほどに、あひ見むことの難き道に出で立つ。父母、俊蔭が悲しび思ひやるべし。三人の人、額《ひたひ》を集《つど》へて、涙を落として、出で立ちて、つひに船に乗りぬ。

唐土《もろこし》に至らむとするほどに、③仇《あた》の風吹きて、三つある船、二つは損はれぬ。多くの人沈みぬる中に、俊蔭が船は④波斯国《はしこく》に放たれぬ。その国の渚に打ち寄せられて、⑤便りなく悲しきに、涙を流して、「七歳より俊蔭が仕うまつる本尊、現れ給へ」と、⑥観音の本誓を念じ奉るに、鳥・獣《けだもの》だに見えぬ渚に、鞍《くら》置きたる⑦青き馬、出で来て、踊り歩《あり》きていななく。俊蔭七度伏し拝むに、馬走り寄ると思ふほどに、ふと首に乗せて、飛びに飛びて、⑧清く涼しき林の⑨栴檀《せんだん》の陰に、⑩虎の皮を敷きて、三人の人、並び居て、⑪琴《きん》を弾き遊ぶ所に下ろし置きて、馬は失せぬ。俊蔭、林のもとに立てり。三人の人、問ひて言はく⑫「かれは何ぞの人ぞ」。俊蔭答ふ、「日本国の王の使、清原俊蔭なり。ありしやうは、かうかう」と言ふ時に、三人、⑬「あはれ、旅人にこそあなれ。しばし宿さむかし」と言ひて、並べる木の陰に、

①遣唐使船。八九四年、菅原道真の建白により廃止。一七回程出立した。
②紅涙の訓読。血の涙。悲しみのあまり、涙が血となるというたとえ。
③唐土へと運ぶことを阻止する風。難風。
④ペルシャの古名。スマトラ島との説あり。
⑤どうしたらいいかわからず。
⑥「法華経」普門品に観世音菩薩と名付ける由来が載る。
⑦白馬のこと。観音の使い。
⑧「清涼」の訓読。仏教でいう悟り。
⑨香木。仏界はこの木の香がする。
⑩異国の物。年末行事「追儺《ついな》」で虎皮の褌をつける鬼神が登場する。

同じき皮を敷きて、居ぬ。俊蔭、もとの国なりし時も、心に入れしものは琴なりしを、この三人の人、ただ琴《きん》をのみ弾く。されば、添ひ居て習ふに、一つの手残さず習ひ取りつ。

俊蔭3　俊蔭のルーツと未来予想図

山・野揺《ゆ》すり、大空響きて、雲の色、風の声変はりて、春の花①、秋の紅葉時分かず咲き交じるままに、遊び人《ひと》らいとど遊びまさるほどに、仏《ほとけ》渡り給ひて、すなわち、孔雀《くじやく》に乗りて、花の上に遊び給ふ時に、遊び人ら、②阿弥陀三昧《あみだざんまい》を琴に合はせて、七日七夜念じ奉る時に、仏《ほとけ》現れてのたまはく、「汝らは、昔、勤め深く、犯しは浅かりしによりて、③兜率天《とそつてん》の人と生まれにき。今、あさましかりし瞋恚《しんね》の報いに、国土の衆生《しゆじやう》になりにたり。その④業《ごふ》、やうやう尽きにたり。また、この日の本の衆生は生々世々《しやうじやうせぜ》に人の身を受くべき者にあらず。『そのゆゑはいかに』と言へば、前の世に淫欲《いんよく》の罪はかりなし。しかあれば輪《りん》廻《ね》しつる一人が腹に八生宿り、二千人が腹におのおのまた八生宿るべし。その宿るべき母、一人、人の身を受くべき人なし。しかあれど、昔、⑤提雲般若《でいうんはんにゃ》といひし仙人ありき。その仙人のせしことは、昔、⑥慳貪邪見《けんどんじやけん》なる国王ありて、国滅びて、もろもろの衆生、国土の人、穀《こく》に飢《つか》れし時ありき。この仙人、⑦万恒河沙《がうがしや》の衆生に穀を施《ほどこ》して、⑧尊勝陀羅尼《そんしようだらに》を⑨無等《むとう》三昧《ざんまい》に行ひ勤めて、七年ありき。その時に、日本の衆生、三年積みて、かの仙人に菜摘み

⑪七弦琴。奈良時代伝来し、平安中期頃廃れた。
⑫あなた
⑬感動詞。「ああ」

①桜。四方四季の変事出来。
②阿弥陀の名号を七日七夜唱える。
③須弥山の頂上にあって、菩薩が成仏する前に住む場所。
④前世での善悪の行いの結果、現世で受ける償い。
⑤唐代の僧。
⑥欲深く、意地悪なこと。
⑦仏教語。たくさんの。
⑧福徳成就を内容とする梵語で書かれた経文。
⑨ひたすら勤めること。

水汲みせし功徳《くどく》のゆゑに、輪廻生死の罪を滅ぼして、人の身を得たるなり。尊勝陀羅尼《そんしようだらに》を念じ奉る人を供養《くやう》したるゆゑなり。『今も、まだ、人の身を受けむことは難し』と言へども、今、この山に入りて、仏、菩薩《ぼさつ》を驚かし、⑩懈怠《けだい》邪見の輩《ともがら》に忍辱《にんにく》の心を起こさしむるゆゑに。この山の七人、残れる業《ごふ》をを滅ぼして、天上に帰るべし。日本の衆生、この因縁に、生々世々に、仏に会ひ奉り、法《のり》を聞くべし。また、この山の族《ぞう》、七人にあたる人を三代の孫《むまご》に得べし。その孫、人の腹に宿るまじき者なれど、この日の本の国に契《ちぎ》り結べる因縁あるによりて、その果報豊かなるべし」とのたまふ時に、遊び人ら礼拝《らいはい》し奉る。俊蔭、この琴を、仏より始め奉りて、菩薩に一つづつ奉る。すなはち、雲に乗り、風に靡《なび》きて帰り給ふに、天地振動す。

かくて、俊蔭、今は日本へ帰らむと思ふに、この七人の人に琴一つづつとらす。

楼の上・下巻1　俊蔭女の弾琴

①嵯峨の院、やがて取らせ給ひて御覧ずるに、琴《きん》の様も、例に似ず、清くめでたううつくしげなることは、昔より、同じ唐土《もろこし》に渡りて持て上りたりし②弥行《いやゆき》が琴どもに似ず、③治部卿のあまた渡したるにも似ず、御手すさびに、緒《を》を一筋鳴らさせ給ふに、響き、いとめづらかなり。「あやし」とて、次の緒を掻き鳴らさせ給ふに、④つゆばかりの音もせず、声もな

⑩仏道を怠け、道理を無視すること。阿修羅をさす。

①先代の帝。俊蔭を遣唐使として使わした当時の帝。

②丹比氏。源涼に琴を伝授。

③俊蔭。

④少しばかりも。

し。「いと恐ろしき物にこそあめれ」と、上たちも危ふがり給ひて、几帳の内へさし入れさせ給ふ。

⑤尚侍《ないしのかみ》、賜りて、引き寄せ給ふに、まづ涙落ちて、昔⑥のたまひし言《こと》思ひ出で給ふことどもあり。しひて、涙を念じ、心を静めて、弾かむとし給ふ。ここばく⑦の親王《みこ》たち・上達《かんだち》部《め》、見て、「これをいかならむ」と、心を惑はして思ほえ給ふ。御方々⑧、あるは、耳挟《はさ》み⑨をし給ひて、昼のやうなる大殿油《おほとのあぶら》を押し張りて、端近く居給ふ。内裏《うち》の御使も、山中に入りて多くの年を過ぐしけむ例《ためし》のやうにおぼえて、帰るべき心地もせで居たり。この琴は、天女の作り出で給へりし琴の中の、すぐれたる一の響きにて、山中の山人のすぐれたりし手は、楽の師の、心整へて、深き遺言せし琴なり。ただ、初めの下れる師の教へたる調べ一つを、まづ掻き鳴らし給へるに、ありつるよりも声の響き高くまさりて、神⑩いと騒がしく閃《ひらめ》きて、地震《なゐ》のやうに、土動く。

⑤俊蔭の娘。
⑥俊蔭が娘に言ったこと。秘琴を弾く時の注意。
⑦たくさんの
⑧女性たち
⑨琴の音をよく聞こうとして額髪を耳に挟む。
⑩雷。

楼の上 下巻2 唐物の贈答

「①いみじう面白き所なりや。時々ものして、さるべからむ折に、左大弁②に詩《ふみ》作らせて聞かむ」などのたまはすれば、人々、「げに、をかしう侍らむ」と啓③す。帰らせ給ひなむとす。朱雀院、大宮の御方に、御対面せさせ給ふ。

①嵯峨院の発話。楼への讃美。
②源師澄か。右大弁なら漢詩文に長けた藤英となる。
③上皇へ申し上げる。
④俊蔭女の子息である仲忠。

尚侍、大将④に、「いとかたじけなき御幸⑤を、いかが仕うまつるべからむ」。「唐土《もろこし》の集⑥の中に、小冊子《こさうし》に、所々、絵描き給ひて、歌詠みて、三巻ありしを、一巻を朱雀院に奉らむ」。「嵯峨の院には、いかが」とのたまへば、「高麗《こま》笛を好ませ給ふめるに、唐土の帝の御送り賜ひけるに賜はせたる高麗笛を奉らむ。上達部は、例⑦の作法の御装ひあり。若⑧くおはします宮たちには、なべての様にはあらず、いかで、をかしき様ならむ物こそよからめ」と聞こえ給へば、「しか用意して侍り」とて、皆、さまざまに参らせ給ふ。唐色紙《からしきし》の絵は、一巻と言へども、四十枚ばかりなり。紫檀《したん》の箱の黄金の口置きたるに入れたり。御⑨覧じて、「ここにこそ、『今宵の物には、⑩不死薬《ふしやく》をもがな』と思へ。さても、これは、いと見まほしく思ふものになむ」とのたまはす。

⑤上皇のお出かけ。
⑥俊蔭が唐国で編んだ集。後に出る「唐色紙の絵」と同じ。
⑦いつも通りで、女性の装束。
⑧入内したあて宮（現藤壺）所生の皇子たち。
⑨朱雀院。
⑩今宵の贈り物として不死の薬をいただきたい。「竹取物語」の引用。

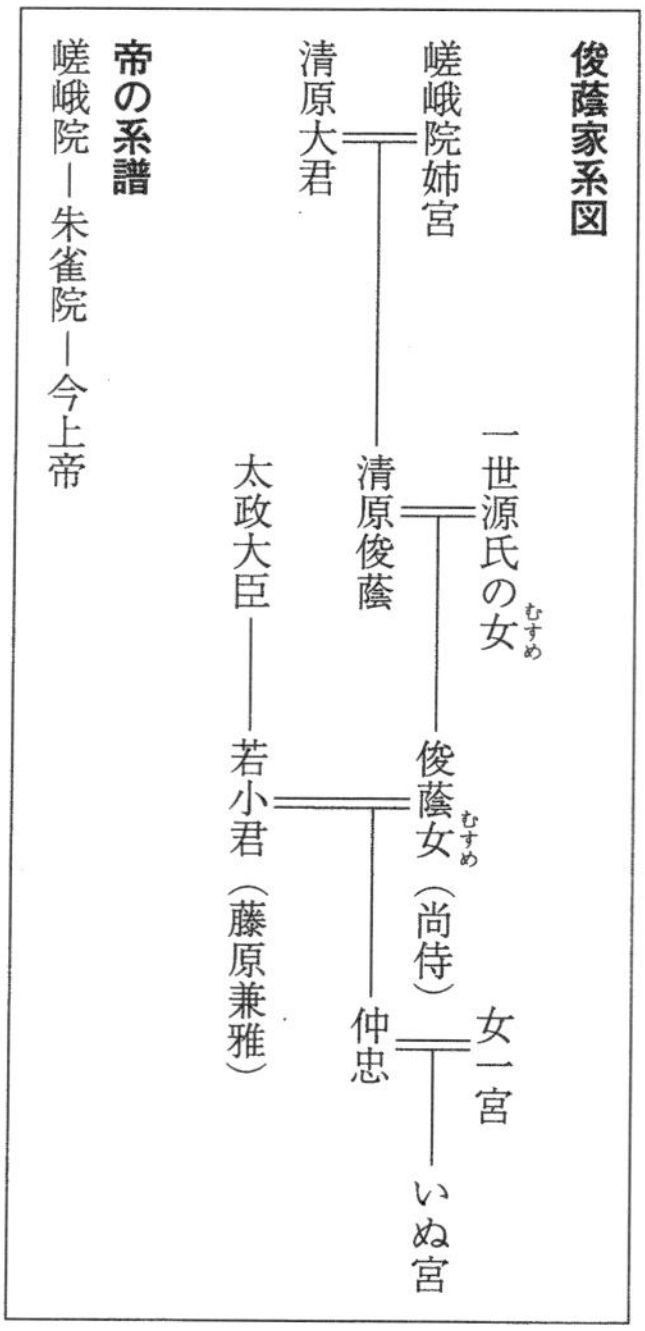

第五講「ひかり」の転生

◆ポイント◆物語主人公の特質「ひかり」は、『竹取物語』のかぐや姫より発し、『源氏物語』の光源氏へと受け継がれていった。その過程はまた、やまとことばが熟成していく過程でもあった。

竹取物語《たけとりものがたり》◆源氏物語《げんじものがたり》◆

『竹取物語』の作者・成立は未詳である。ただ、登場人物が実在の人物をモデルにしているらしい様子や、和歌の修辞等を考慮に入れ、九世紀末から十世紀初頭あたりの成立と考えられている。また、作者もひとりを特定するには至らないが、この物語には、新たに創作された部分と、原話をふまえた部分とがあったと考えられる。全体は「かぐや姫の誕生・五人の貴公子の求婚譚・帝の求婚譚・かぐや姫の昇天・不死の薬焼失」といった内容で構成されている。『源氏物語』を紫式部が書いたのはほぼ確実。成立は十一世紀初頭。(本文は新編日本古典文学全集に拠った)

かぐや姫の誕生

①いまはむかし、たけとりの翁《おきな》といふものありけり。野山にまじりて竹をとりつつ、よろづのことにつかひけり。名をば、さぬきのみやつことなむいひける。その竹の中に、もと

①物語語り出しの常套句。

光る竹なむ一すぢありける。あやしがりて、寄りて見るに、筒《つつ》の中《なか》光りたり。それを見れば、②三寸ばかりなる人、いと③うつくしうてゐたり。

翁いふやう、「我朝ごと夕ごとに見る竹の中におはするにて、知りぬ。子になりたまふべき人なめり」とて、手にうち入れて、家へ持ちて来ぬ。妻《め》の嫗《おうな》にあづけてやしなはす。うつくしきこと、かぎりなし。いとをさなければ、籠《こ》に入れてやしなふ。

たけとりの翁、竹を取るに、この子を見つけて後に竹取るに、節《ふし》をへだてて、④よごとに、黄金《こがね》ある竹を見つくることかさなりぬ。かくて、翁やうやうゆたかになりゆく。

この兒《ちご》、やしなふほどに、すくすくと大きになりまさる。三月ばかりになるほどに、よきほどなる人になりぬれば、⑤髪あげなどとかくして髪あげさせ、⑥裳着《もき》す。帳《ちやう》の内よりもいださず、いつきやしなふ。

この兒のかたちの⑦顕証《けそう》なること世になく、屋の内は暗き所なく⑧光満ちたり。翁、心地悪《あ》しく苦しき時も、この子を見れば苦しきこともやみぬ。腹立たしきこともなぐさみけり。

翁、竹を取ること、久しくなりぬ。⑨勢《いきほひ》、猛《まう》の者になりにけり。この子いと大きになりぬれば、名を、三室戸《みむろど》斎部《いむべ》の秋田をよびて、つけさす。秋田、なよ竹のかぐや姫と、つけつ。このほど、三日、⑩うちあげ遊ぶ。よろづの遊びをぞしける。男はうけきらはず呼び集《つど》へて、いとかしこく遊ぶ。

②一寸は約三センチ。この物語には「三」という数字が多い。
③かわいらしい。
④節と節の間。
⑤垂れ髪を束ねて結い上げることで、女子の成人式の意。
⑥成人女子が腰から下の後方にまとった服。成人式に着る。
⑦際立っていること。
⑧「光」は物語主人公の属性。
⑨富み栄えている様子。
⑩酒宴をすること。

①午前零時頃。

②一尺は約三十センチ。

③もののけ。

④地上

⑤待ち遠しがる。

かぐや姫の昇天

かかるほどに、宵うちすぎて、①子《ね》の時ばかりに、家のあたり、昼の明《あか》さにも過ぎて、光りたり。望月《もちづき》の明さを十合《とを》はせたるばかりにて、在る人の毛の穴さへ見ゆるほどなり。大空より、人、雲に乗りて下り来て、土より②五尺ばかり上りたるほどに、立ち連ねたり。内《うち》外《と》なる人の心ども、③物におそはるるやうにて、あひ戦はん心もなかりけり。からうじて、思ひ起こして、弓矢をとりたてむとすれども、手に力もなくなりて、萎《な》えかかりたる、中に、心さかしき者、念じて射むとすれども、ほかざまへいきければ、荒れも戦はで、心地ただ痴《し》れに痴れて、まもりあへり。

……〈中略〉……

天人の中に、持たせたる箱あり。天《あま》の羽衣《はごろも》入れり。またあるは、不死の薬入れり。一人の天人いふ、「壺なる御薬たてまつれ。④穢《きたな》き所の物きこしめしたれば、御心地悪しからむものぞ」とて、持て寄りたれば、いささかなめたまひて、すこし、形見とて、脱ぎ置く衣《きぬ》に包まむとすれば、在る天人包ませず。御衣《みぞ》をとりいでて着せむとす。

その時に、かぐや姫「しばし待て」といふ。「衣《きぬ》着せつる人は、心異《こと》になるなりといふ。物一言いひ置くべきことありけり」といひて、文書く。天人、「遅し」と、⑤心もとながり給ふ。

かぐや姫「物知らぬこと、なのたまひそ」とて、いみじく静かに、朝廷《おほやけ》に御文奉りたまふ。あわてぬさまなり。

⑥かくあまたの人を賜ひて、とどめさせたまへど、許さぬ迎へまうで来て、取り率《ゐ》てまかりぬれば、口惜しく悲しきこと。⑦宮仕へ仕うまつらずなりぬるも、かくわづらはしき身にてはべれば。心得ず思《おぼ》しめされつらめども。心強くうけたまはらずなりにしこと、⑧なめげなるものに思しめしとどめられぬるなむ、心にとまりはべりぬる

とて、

今はとて天の羽衣着るをりぞ君をあはれと思ひいでける

とて、⑨壺の薬そへて、頭中将呼び寄せて奉らす。

中将に、天人とりてつたふ。中将とりつれば、ふと天の羽衣うち着せたてまつりつれば、翁を、⑩いとほし、⑪かなしと思しつることも失せぬ。この衣着つる人は、物思ひなくなりにければ、車に乗りて、百人ばかり天人具して、のぼりぬ。

⑥帝は、かぐや姫をとどめるべく、多くの兵を翁の家に派遣していた。
⑦帝の妻となること。
⑧無礼であること。
⑨不死の薬。
⑩不便だ。
⑪いとおしい。

ひかりの転生　『源氏物語』紅葉賀《もみじのが》巻の光源氏へ

朱雀院の行幸は神無月の十日あまりなり。世の常ならず、おもしろかるべきたびのことなりければ、御方々物見たまはぬことを口惜しがりたまふ。上《うえ》も、藤壺の見たまはざらむをあかず思《おぼ》さるれば、試楽《しがく》を御前にて、せさせたまふ。

源氏中将は、①青海波《せいがいは》をぞ舞ひたまひける。片手には大殿《おほとの》の頭中将。容貌《かたち》用意人にはことなるを、立ち並びては、なほ花のかたはらの深山木《みやまぎ》なり。入《い》り方の日影さやかにさしたるに、楽《がく》の声まさり、もののおもしろきほどに、同じ舞の足踏面持《あしぶみおももち》、世に見えぬさまなり。②詠《えい》などしたまへるは、これや仏の御③迦陵頻伽《かりようびんが》の声ならむと聞こゆ。おもしろくあはれなるに、帝涙をのごひたまひ、上達部《かむだち》親王《めみこ》たちもみな泣きたまひぬ。詠はてて袖うちなほしたまへるに、待ちとりたる楽のにぎはしきに、顔の色あひまさりて、**常よりも光ると見えたまふ**。春宮の女御、かくめでたきにつけても、ただならず思して、「神など空にめでつべき容貌かな。うたてゆゆし」とのたまふを、若き女房などは、心憂しと耳とどめけり。藤壺は、おほけなき心のなからましかば、ましてめでたく見えましと思すに、夢の心地なむしたまひける。

①雅楽の曲名。唐楽。

②舞楽において、舞人が舞いながら詩句を朗詠すること。

③極楽にいるといわれる想像上の鳥で美妙な鳴き声を持つとされる。

第六講 〝歴史〟を書きつける

◆ポイント◆奇想天外な出来事ではなく現実に起こり得る話を、語るかのように書きつけた新しい物語である『源氏物語』は、正史である『日本書紀』とは異なり、時の勢力に認められない廃れた家の歴史に由来する稗史という側面をもつ。それゆえ和文による物語叙述は、歴史叙述の方法と近しい関係にあるだろう。

一方、『大鏡』も、『日本書紀』を初めとする六国史に対する批評性を持ち、歴史を物語る紀伝体をとったことにより、虚構をない交ぜにした世界を構築することに成功した。これらの作品には、漢籍の素養に基づいた漢語も使用されているが、流麗なやまとことばによるしなやかな文体が見られる。

源氏物語《げんじものがたり》◆

五十四帖からなる物語。ただし光源氏の死が連想される雲隠巻は巻名のみで本文が存在しない。一条天皇の元に入内した道長の娘である彰子に、『日本紀』を進講した紫式部の作と言われている。『紫式部日記』によると、式部は「日本紀の局」と呼ばれた。内容面では、光源氏のみやび世界の構築までを語る桐壺巻から藤裏葉巻までを第一部、光源氏の子世代の台頭と憂愁を抱える晩年を描いた若菜上巻から幻巻までを第二部、光源氏が亡くなった後の世界を描いた匂兵部卿宮巻から夢の浮橋巻までを第三部と呼んでいる。なお都から宇治に物語の中心が移った橋姫巻から夢の浮橋巻までを別に「宇治十帖」と呼称することもある。（本文は日本古典文学全集に拠り、一部改めた。）

桐壺1　桐壺帝の寵愛

①いづれの御時《おほむとき》にか、②女御《にようご》、③更衣《かうい》あまたさぶらひたまひける中に、④いとやむごとなき際《きは》にはあらぬが、すぐれて⑤時めきたまふありけり。⑥はじめより我はと思ひあがりたまへる御方々、⑦めざましきものにおとしめそねみたまふ。⑧同じほど、⑨それより下臈《げらふ》の更衣たちはまして⑩やすからず。朝夕《あさゆふ》の宮仕《みやつか》へにつけても、⑪人の心をのみ動かし、恨《うら》みを負《お》ふつもりにやありけん、⑫いとあつしくなりゆき、もの心細げに里がちなるを、⑬いよいよあかずあはれなるものに思ほして、⑭人のそしりをもえはばからせたまはず、⑮世の例《ためし》にもなりぬべき御もてなしなり。⑯上達部《かむだちめ》、⑰上人《うへびと》なども、⑱あいなく目を側《そば》めつつ、いとまばゆき人の御おぼえなり。唐土《もろこし》にも、⑲かかる事の起こりにこそ、世も乱れ、あしかりけれと、やうやう、天《あめ》の下《した》にも、⑳あぢきなう人のもてなやみぐさになりて、㉑楊貴妃《ようきひ》の例もひき出《い》でつべくなりゆくに、㉒いとはしたなきこと多かれど、㉓かたじけなき御心ばへのたぐひなきを頼みにてまじらひたまふ。

桐壺2　若宮誕生

父の大納言《だいなごん》は亡くなりて、母北《きた》の方《かた》なむ、いにしへの人のよしあるにて、親うち①具し、さしあたりて世のおぼえはなやかなる御方々にもいたう劣らず、②何事の儀式をももてなし

①どの帝代のことか。
②后の下の位。
③女御の下の位。
④「やむごとなし」は身分が高い。「際」は家の身分。
⑤寵愛を得ている。
⑥入内当初より。
⑦目障りな者。
⑧「ほど」は個人の身分。
⑨身分の低い五位の更衣。
⑩穏やかではいられない。
⑪心を乱れ騒がせ。
⑫篤し。病弱なさま。
⑬帝はよりいっそう愛しい者にお思いあそばされて。
⑭他人の非難。
⑮後の世に前例として引かれそうな勢い。
⑯三位以上の貴族。公卿。
⑰四位五位の貴族と六位の蔵人の頭。殿上人とも言う。
⑱納得がいかない、困った。
⑲帝の偏愛が原因で。
⑳条理にあわず、耐えがたい。
㉑玄宗皇帝が楊貴妃を溺愛して世が乱れた先例。

たまひけれど、取りたててはかばかしき③後見《うしろみ》しなければ、④事ある時は、なほ拠《よ》り所なく心細げなり。

⑤前《さき》の世にも⑥御契《ちぎ》りや深かりけん、世になく⑦きよらなる⑧玉の男御子さへ生まれたまひぬ。いつしかと、⑨心もとながらせたまひて、急ぎ⑩まゐらせてご覧ずるに、めづらかなるちごの御かたちなり。⑪一の皇子は、右大臣の女御の御腹にて、⑫寄せ重く、疑ひなき⑬儲《まう》けの君と、世にもてかしづききこゆれど、この御⑭にほひには並びたまふべくもあらざりければ、おほかたのやむごとなき御思ひにて、この君をば、わたくし物に思ほしかしづきたまふこと限りなし。

㉒不都合で外聞が悪いこと。
㉓恐れ多い帝の寵愛。

①ともに備わる。
②どんな宮中の儀式も。
③後見役。
④改まった行事。↕もの
⑤生まれてくる前の世。
⑥帝と更衣との前世からの縁。
⑦最高の美称。清純で輝く美。
⑧玉のように光り輝く男子。
⑨待ち遠しく御思いになる。
⑩参内させて。出産は「穢《けが》れ」のため宮中より退出し、実家で行う。
⑪第一皇子。右大臣の娘である弘徽殿女御が母。
⑫皇子への後見役が重々しく。
⑬皇太子。
⑭光輝くような美しさ。

桐壺3　高麗相人の占い

そのころ、①高麗人《こまうど》のまゐれるなかに、②かしこき相人《そうにん》ありけるを聞こしめして、宮の内に召さむことは、③宇多《うだ》の帝の御誡《いましめ》あれば、いみじう忍びて、この皇子を④鴻臚館《こうろくわん》につかはしたり。御後見だちてつかうまつる⑤右大弁《うだいべん》の子のやうに思はせて率《ゐ》て奉るに、相人驚きて、あまたたび⑥かたぶきあやしぶ。「⑦国《くに》の親《おや》となりて帝王の上《かみ》なき位にのぼるべき相おはします人の、⑧そなたにて見れば、⑨乱れ憂《うれ》ふることやあらむ。⑩おほやけの堅めとなりて、⑪天《あめ》の下《した》を輔《たす》くる方にて見れば、またその相たがふべし」と、言ふ。

①高麗は朝鮮半島にあった国名。歴史的にみれば渤海か。
②優れた人相の達人。
③寛平《かんぴょう》九（八九七）年、宇多天皇が醍醐帝に譲位する際、心得を諭した。「寛平御遺誡《ごゆいかい》」「外蕃之人、必可召見、在簾中見

之、不可直対耳」（外蕃の人は必ず召見すべき者は簾中に在りて之を見よ。直に対すべからざるのみ」か。
④諸国の使節を接待する所。
⑤太政官右弁局長官。従四位上《じゅしいじょう》。
⑥首をかしげる。
⑦帝
⑧帝王となった場合の観相をすると。
⑨政争などで国が乱れ、民が憂うる事態。
⑩朝廷の中心的人物である摂政・関白等。
⑪政治を補佐する方面。

---

①桐壺帝の后。先帝皇女。
②病気。
③宮中より三条邸に退出。
④帝の藤壺への心遣い。
⑤源氏の父帝への憐憫。
⑥退出している折にでも。
⑦藤壺付き中臈女房。王氏出身。
⑧草子地。
⑨理性ではおさえきれず。

若紫　藤壺との逢瀬

①藤壺の宮、②悩みたまふことありて、③まかでたまへり。④上《うへ》のおぼつかながり嘆ききこえたまふ御気色《けしき》も⑤いといとほしう見奉りながら、⑥かかる折だにと、心もあくがれまどひて、いづくにもいづくにもまうでたまはず、内裏《うち》にても里にても、昼はつれづれとながめ暮らして、暮るれば⑦王命婦《わうみやうぶ》を責めありきたまふ。⑧いかがたばかりけむ、⑨いとわりなくて見奉るほどさへ、現《うつつ》とはおぼえぬぞ、わびしきや。

宮も⑩あさましかりしを思し出づるだに、世とともの御もの思ひなるを、さてだにやみなむと深う思したるに、いと心憂くて、⑪いみじき御気色なるものから、⑫なつかしうらうたげに、さりとてうちとけず、心深う恥づかしげなる御もてなしなどの、なほ人に似させたまはぬを、などか⑬なのめなることだに、うち交じりたまはざりけむと、つらうさへぞ思さるる。

何ごとをかは聞こえつくしたまはむ、⑭くらぶの山に宿《やどり》もとらまほしげなれど、⑮あやにくなる短夜《みじかよ》にて、あさましうなかなかなり。

⑯見てもまた逢《あ》ふ夜まれなる夢のうちにやがてまぎるるわが身ともがな

と、むせかへりたまふさまも、⑰さすがにいみじければ、

⑱世がたりに人や伝へんたぐひなくうき身を醒《さ》めぬ夢になしても

思し乱れたるさまも、いと⑲ことわりにかたじけなし。命婦の君ぞ、御直衣《なほし》などはかき集めもて来たる。

⑩過去の逢瀬を思い出す。
⑪ひどく辛い御様子。
⑫心惹かれ可愛らしい。
⑬並々、平凡。
⑭鞍馬山《くらまやま》の古名か。「くら」が暗いに通じ、夜明けを知らぬ暗《くら》部《ぶ》山に泊まりたいの意。
⑮あいにく。夏四月の短夜。
⑯源氏歌。「逢ふ夜」と夢が現実となる「合う世」の掛詞。
⑰源氏の悲しみ泣く姿がいじらしいので、返歌。
⑱世間の語り草。
⑲当然のことで畏れ多い。

コラム

「長恨歌」白楽天
漢皇重色思傾国（漢皇、色を重んじ、傾国を思ふ）唐の玄宗とは言わず、前代漢に擬す。
御宇多年求不得（御宇《ぎょう》多年《たねん》、求むれども得ず）
楊家有女初長成（楊家《ようか》に女《むすめ》あり、初めて長成す）楊貴妃のこと。
養在深閨人未識（養はれて深閨《しんけい》に在《あ》り、人未《いま》だ識《し》らず）
天生麗質難自棄（天生の麗質《れいしつ》自ずから棄て難し）すばらしい容貌・資質
一朝選在君主側（一朝選ばれて、君主の側《かたはら》に在り）
回眸一笑百媚生（眸《ひとみ》を回《めぐ》らして一たび笑めば、百の媚《こび》生ず）
六宮粉黛無顔色（六宮《りくきゅう》の粉黛《ふんたい》、顔色《がくしょく》無し）宮中の女性たちは誰も楊貴妃に及ばない。
（略）

『源氏物語』冒頭部　系図

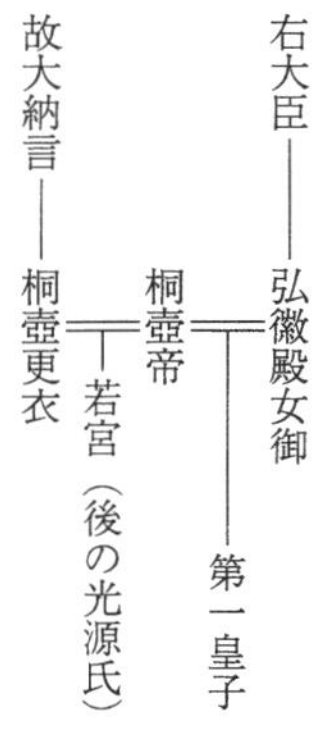

天皇家　系図

『源氏物語』第二部　系図
（二重線は逢瀬、実線は実親子、点線は社会的親子）

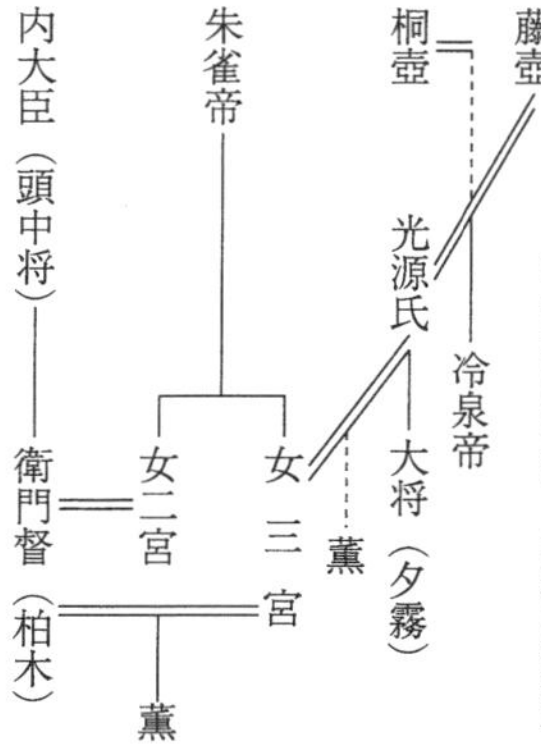

大鏡《おおかがみ》◆

日本の歴史書である六国史と異なり、「紀伝体」という中国の歴史叙述の形式を踏襲した『大鏡』は、文徳天皇から後一条天皇代まで、約一七六年に及ぶ歴史を物語風に仮名文で記したものである。帝紀に始まり、摂関の列伝を叙し、藤原氏の繁栄を語ったあとで、風流や信仰に関わるエピソードでもある「昔物語」を入れている。特に道長への傾注が見られる。「世継（翁）物語」とも呼称され、語り手である老人たちが登場する。成立は院政期頃か。（本文は日本古典文学大系に拠り、一部改めた。）

①先つ頃。先日。
②京都市北区にあり、皇室に縁のある寺。五月に菩提講を行う。
③極楽往生を求める法会で、「法華経」等を読誦《どくじゅ》する。
④あやしげ。異様な。
⑤藤原道長。
⑥暗い道のこと。冥土への道。
⑦藤原忠平の死後の諡《おくりな》。
⑧天皇側近の蔵人で、近衛少将を兼務。

序

①さいつころ②雲林院《うりんいん》の③菩提講《ぼだいこう》にまうでて侍りしかば、例人よりはこよなう年老ひ、④うたてげなる翁《おきな》二人、嫗《をうな》と行き合ひて、同じ所にゐぬめり。（略）「年ごろ、昔の人に対面して、いかで世の中の見聞くことをも聞こえ合はせむ、このただ今の⑤入道殿下の御ありさまをも申し合はせばやと思ふに、あはれに嬉しくも会ひ申したるかな。今ぞ心やすく⑥黄泉路もまかるべき。おぼしきこと言はぬは、げにぞ腹ふくるる心地しける。かかればこそ、昔の人は、もの言はまほしくなれば穴を掘りては言ひ入れ侍りけめと、おぼえ侍り。かへすがへす嬉しく対面したるかな。さても、いくつにかなりたまひぬる」と言へば、今一人の翁、「いくつといふ事、さらにおぼえ侍らず。ただし、をのれは故太政のおとど⑦貞信公、⑧蔵人

の少将と申ししおりの⑨小舎人童《こどねりわらは》大犬丸《おほいぬまろ》ぞかし。主《ぬし》は、その御時の母后⑩の宮の御方の召し使ひ、⑪高名の大宅世継《おほやけのよつぎ》とぞ言ひ侍りしかしな。されば、主の御年《みとし》は、をのれにはこよなくまさりたまへらんかし。みづからが小童にてありし時、主は二五、六ばかりの男《をのこ》にてこそはいませしか」といふめれば、世継「しかしか、さはべりし事や。さてもぬしのなほいかにぞや」といふめれば、「⑫太政大臣殿にて元服仕りし時、『きむぢが姓は何ぞ』と仰せられしかば、『夏山となん申す』と申ししを、やがて重木となんつけさせたまへりし」など言ふに、いとあさましくなりぬ。

⑨少将・中将等が文使いなどに使っていた少年。
⑩藤原胤子。父高藤。醍醐帝の母。
⑪架空の名前。物語の中心的語り手。「高名の」は有名なの意。
⑫藤原忠平邸で成人式を挙げた折。

道長伝

この①殿の君達、男女合はせ奉りて十二人、数のままにておはします。男も女も、御②官《つかさ》位《くらゐ》こそ心にまかせたまへらめ、御心ばへ、人柄どもさへいささか③かたほにて、もどかれさせたまふべきもおはしまさず、とりどりに④有職《いふそく》にめでたくおはしまさふも、ただことごとならず、入道殿の御幸ひのいふかぎりなくおはしますなめり。⑤さきざきの殿ばらの君達おはせしかども、皆かくしも思ふさまにやはおはせし。おのづから男も女も善き悪しきまじりてこそおはしまさふめりしか。この⑥北の政所の二人ながら源氏におはしませば、末の世の源氏の栄えたまふべきと⑦定め申すなり。かかれば、この二所の御有様、かくのごとし。

①藤原道長の子ども達。倫子腹（頼通・教通・彰子・妍子・威子・嬉子）、明子腹（頼宗・顕信・能信・長家・寛子・尊子）
②官職や位などは父の意向で思うまま。
③中途半端。不足。
④物事に精通している様。
⑤前に大臣をされた方々のお子様。
⑥妻二人。倫子と明子。
⑦世間の人々が予言する。

第七講 都市計画者から都市生活者へ

◆ポイント◆平安遷都から二百年。諸官庁の並び立つ大内裏は荒れるにまかされ、政務の中心は里《さと》内裏（有力貴族の邸宅）へと移る。威容を誇った羅城門もすでにない。暮しの利便性を最優先に、それと意識せぬまま、人々は都市改造の強力な担い手となっていく。その様子を『池亭記』は、中国の科挙《くわきょ》官僚制を範とした古代律令制官人の立場から、裏返しに語ってみせてくれる。

池亭記《ちていき》◆

本書は円融天皇の天元五年（九八二）の成立。作者は漢学者の慶滋保胤《よししげのやすたね》（九三一？～一〇〇二）で、四年後の花山天皇退位事件をきっかけに出家遁世を遂げ、寂心《じやくしん》と名のる。他の作品に『日本往生極楽記』や『十六相讃』などがあり、その漢詩文の多くは『本朝文粋《ほんてうもんずい》』に収められる。本書はその前半部で、中国の都城をまねた平安京の理念的な空間構成がくずれていく様子をマクロな視点からとらえ、対して後半部では、自己にとっての理想の住居の姿をミクロの視点から対比的に描く。白楽天の『池上篇并《ならび》序』や『草堂記』、兼明《かねあきら》親王の『池亭記』などの先行作品を踏まえつつ、人々の暮らしに身近な居住空間として、古代都市平安京をとらえた点に、国風化へのかすかなきざしがうかがえる。鴨長明の『方丈記』の成立に大きな影響を与えたことでも知られる。原漢文。（本文は新日本古典文学大系『本朝文粋』に拠った）

予《われ》①二十余年以来《このかた》、東西《とうせい》二京《じけい》を歴見《れきけん》するに、西京《せいけい》は人家漸《やうや》く稀《まれ》にして、殆《ほとほと》幽墟《いうきよ》に幾《ちか》し。人は去ること有りて来《きた》ることなし、屋《いへ》は壊《やぶ》るること有りて造《つく》ることなし。

（中略／以下に西京の衰亡を記す。低湿地のため住居に適さず多くが田野となり、唯一左大臣源高明の西宮邸があったが、高明の失脚により焼失したことが述べられる。）

東京《とうけい》の四条以北《しでうよりきた》、②乾《いぬゐ》艮《うしとら》の二方《じほう》は、人人貴賤となく、多く群聚《くんしゆう》する所なり。③高家《かうか》は④門《もん》を比《なら》べ堂を連《つら》ね、小屋《せうをく》は壁を隔《へだ》て簷《のき》を接《まじ》ふ。

（中略／住宅の密集化による火災の恐れ、貧富の差による気苦労、土地の買い占めによる立ち退きや、郊外への転居による不便などが述べられる。）

またそれ河⑤辺野外、ただ屋《いへ》を比《なら》べ戸《と》を比べたるのみに非ず、兼《か》ねてまた田と為《な》し畠《はた》と為す。⑥老圃《らうほ》は永く地を得て以て畝《うね》を開き、老農は便《すなは》ち河を堰《せ》きて以て田に漑《まか》す。

（中略／耕作地の水利が堤防の決壊を招き水害を引き起こされることを述べ、天子の郊祠や人々の遊興の場としての郊外地の本来の利用に触れ、南西部から北東部へと居住区域が大きく移動したことを嘆く。）

①村上天皇の天徳・応和以降の期間。天徳四（九六〇）九月に平安遷都以来初めて内裏が焼亡している。②北西と北東の二つの方角。③権勢をふるう家。④文選蜀都賦「比レ屋連レ甍」。⑤平安京周辺の鴨川べりや北野の地域。⑥論語子路篇に見える語。⑦大内裏の門の一つ。物資の搬入のため上屋を設けなかったことから土御門とも呼ばれた。⑧宅地を選定すること。ただし以下の叙述は、そこでの暮らしを想像して理想の設計図を描いて見せたもの。「発心集」五「貧男、好ニ差図一事」参照。⑨漢の蕭何と同じに辺鄙な土地を選び。蕭何は高祖劉邦に仕えて漢の建国につくした功臣で相国（宰相）となった。⑩仲長統が営んだのと同じ清らかで広々とした住居に思いをよせる。仲長統は後漢の人で曹操に仕えその軍事顧問となった。⑪以下白楽天「池上篇并序」の文言を踏まえる。⑫一畝は二百四十坪ほ

予本《われもと》より居処《きよしよ》なく、⑦上東門《じやうとうもん》の人家に寄居《ききよ》す。常に損益《そんえき》を思ひ、永住を要《もと》めず。縦《たと》ひ求むとも得《う》べからず。その価直《かち》二《じ》三畝千万銭《さんぼうせんばんせん》ならんか。予六条以北《ろくでうよりきた》に初めて⑧荒地《くわうち》を卜《ぼく》し、四つの垣を築《つ》きて一つの門を開く。上《かみ》は⑨蕭相国《せうしやうこく》の窮僻《きゆうへき》の地を択《えら》び、下《しも》は⑩仲長統《ちうちやうとう》の清曠《せいくわう》の居《きよ》を慕《した》ふ。⑪地方都盧《すべて》⑫十有余畝《しふいうよぼう》。隆《たか》きに就《つ》きては小山《せうさん》を為《つく》り、窪《くぼ》に遇《あ》ひては小池《せうち》を穿《ほ》る。池の西に小堂《せうたう》を置きて弥陀《みだ》を安《あん》ず。池の東に小閣《せうかく》を開きて書籍を納《をさ》む。池の北に低屋《ていをく》を起《た》てて⑬妻子を着《つ》けり。凡《およ》そ屋舎《をくしや》は十の四、池水は九の三、菜園は八の二、⑭芹田《きんてん》は七の一なり。その外緑松《りよくしよう》の島、白沙《はくさ》の汀《みぎは》、紅鯉白鷺《こうりはくろ》、小橋小船、平生《へいせい》好む所、⑮尽《ことごと》く中に在り。いはんや春は東岸の柳有り、⑯細煙嫋娜《でうだ》たり。夏は北戸の竹有り、⑰清風颯然《さつぜん》たり。秋は西窓の月有り、以て書を披《ひら》くべし。冬は⑱南簷《なんえん》の日有り、以て背《せなか》を炙《あぶ》るべし。

予行年《かうねん》漸《やうや》く⑰五旬《ごしゆん》に垂《なんなん》として、適《たまたま》⑱小宅有り。蝸《かたつぶり》はその舎《いへ》に安んじ、⑲虱《しらみ》はその縫《ぬいめ》に楽しむ。⑳鷃《かやぐき》は小枝に住みて、鄧林《とうりん》の大きなるを望まず、㉑蛙《かへる》は曲井《きよくせい》に在りて、滄海《さうかい》の寛《ひろ》きことを知らず。家主《いへぬし》、職は㉒柱下《ちゆうか》に在りといへども、心は山中に住むが如し。官爵《くわんしやく》は運命に任《まか》す、㉓天の工《たくみひと》均し。㉔寿夭《しうえう》は乾坤《けんこん》に付く、丘《きう》の禱《いの》ること久し。人の㉕風鵬《ふうほう》たるを楽《ねが》はず、人の㉖霧豹《むへう》たるを楽はず、膝《ひざ》を屈《くつ》し腰を折りて、媚《こび》を王侯将相《わうこうしやうしやう》に求めんことを要《ねが》はず、また㉗言を避《さ》り色を避りて、蹤《あと》を深山幽谷《しんざんいうこく》に刊《きざ》まんことを要はず。朝《てう》に在りては身暫《しばら》く㉘王事《わうし》に

どだから三千坪に近い敷地。「池上篇并序」「地方十七畝」。⑬家族を住まわせる。⑭セリの生えた水田。家庭菜園を想定したもの。⑮設計図に理想的な形で描きこまれているということか。⑯文集郡斎暇日「春深物嫋娜、波払㆓黄柳梢㆒」。⑰文集偶作「燕息窓下牀、清風颯然至」。⑱文集香炉峰下新卜山居「南簷納㆑日冬天暖、北戸迎㆑風夏月涼」。⑰五十歳。⑱自亭を卑下していう。寄居先の上東門の人家をいうか。⑲晋書阮籍伝「独不㆑見虱之処㆓褌中㆒、逃㆓乎深縫㆒、匿㆓乎壊絮㆒、自以為㆓吉宅㆒也」。⑳鶉の一種。荘子逍遥遊篇に見える。㉑池上篇「如㆓蛙居㆑坎、不㆑知㆓海寛㆒」。㉒内記（中務省の四等官）の唐名。㉓天のなすことは不公平がないから。㉔論語述而篇。㉕荘子逍遥遊篇。㉖文集与元九書。㉗論語憲問篇「賢者辟㆑世、其次辟㆑地、其次辟㆑色、其次辟㆑言」。㉘帝王に仕える仕事。

随《したが》ひ、家に在りては心永く①仏那《ぶつだ》に帰《よ》す。予出でては②青草《せいさう》の袍《はう》有り、位卑《くらゐひく》しといえども職《しょく》なほ貴《たふと》し、入りては③白紵《はくちょ》の被《ふすま》有り、春よりも暄《あたたか》く雪よりも潔《きよ》し。④盥漱《くわんそう》の初、西堂《せいたう》に参《まゐ》り、弥陀《みだ》を念じ、法華《ほっけ》を読む。⑤飯飡《はんさん》の後《のち》、東閣《とうかく》に入り、書巻《しょけん》を開き、古賢《こけん》に逢《あ》ふ。それ⑥漢《かん》の文《ぶん》皇帝《くわうてい》は異代《いたい》の主《しゅ》たり、倹約《けんやく》を好みて人民を安《やす》んずるを以《もっ》てなり。⑦唐の白楽天《はくらくてん》は異代の師《し》たり、詩句《しく》に長じて仏法《ぶつほふ》に帰《き》するを以てなり。⑧晋朝《しんてう》の七賢《しちけん》は異代の友たり、身は朝《てう》に在りて志《こころざし》は隠《いん》に在るを以てなり。予《われ》、賢主《けんしゅ》に遇《あ》ひ、賢師に遇ひ、賢友に遇ふ。一日に三遇《さんぐ》有り、一生⑨三楽《さんらく》を為す。近代人《ひと》の世の事、一つとして恋ふべきことなし。⑩人の師たるは、貴きを先にし富めるを先にして、文を以て次《ついで》とせず。師なきに如《し》かず。⑪人の友たるは、勢《せい》を以てし利《り》を以てし、淡《たん》を以て交《まじは》らず。友なきに如かず。予、門を杜《とざ》し戸《と》を閉《と》ぢて、⑫独《ひと》り吟《ぎん》じ独り詠《えい》ず。若《も》し⑬余興《よきよう》有れば、児童と小船に乗り、舷《ふなばた》を叩《たた》き棹《さを》を鼓《うごか》す。若《も》し余假《よか》有れば、⑭僮僕《とうぼく》を呼びて後園《こうゑん》に入り、以《あるい》は糞《こえ》し以は灌《そそ》く。⑮我吾《われわ》が宅《いへ》を愛し、その他《ほか》を知らず。

⑯応和《おうわ》より以来《このかた》、世人《せじん》好みて⑰豊屋《ほうをく》峻宇《しゅんう》を起《た》て、⑱殆《ほとほと》節《せつ》を山にし梲《せつ》に藻《ゑが》くに至る。その費《つひえ》は巨千万《きよせんばん》に且《なんなん》とし、その住むこと纔《わづ》かに二三年なり。古人云く、⑲「造《つく》れる者は居《を》らず」といへり。誠《まこと》なるかなこの言《げん》。予⑳暮歯《ぼし》に及びて、小宅を開き起《た》つ。これを身に㉑取り分に量《はか》るに、誠に奢盛《しゃせい》なり。上《かみ》は天を畏《おそ》れ、下《しも》は人に愧《は》づ。またなほ㉒行人《かうじん》の旅宿《りよしゆく》を造り、老蚕《らうさん》の

①仏に仕えること。②衣服令「六位深緑衣、七位浅緑衣」。③白い麻の衣。④手を洗い口を漱ぐ。⑤食事をする。⑥漢の五代皇帝で節倹をむねとした。⑦（七七二～八四六）その詩風は平易で日本の文化は大きな影響を与えた。『白氏文集』七十五巻がある。⑧俗世を避けて竹林に会し清談を事としたとされる竹林の七賢。⑨文集偶作「栄期三楽歌」。⑩菅原文時をいうか。⑪藤原有国をいうか。⑫文集山路偶興「独吟還独嘯」。⑬文集小庭亦有月「客散有二余興一、酔臥独吟哦」。⑭下僕。⑮文集翫松竹「吾亦愛二吾廬一、廬中楽二吾道一」。⑯村上天皇の年号。⑰文集傷宅「豊屋中櫛比」⑱礼記礼器「山レ節藻レ梲、君子以為レ濫矣」。⑲晋書禿髪傉檀載記「傉檀讌二群僚于宣徳堂一、仰視而歎曰、古人言、作者不レ居、居者不レ作、信矣」。⑳晩年。㉑文選嘯賦「近取二諸身一」。㉒文集三

年冬随事鋪設「由来蚕老後、方是繭成時」。㉓文選魏都賦「正位居レ体者、以二中夏一為レ喉、不下以二辺垂一為上襟也。長レ世字レ甿者、以二道徳一為レ藩、不下以二襲険一為上屏也」。㉔囲い。㉕倹約を好むことを家での仕事とする。㉖周易坤「積レ善之家、必有二余慶一」。㉗荘子秋水篇「至徳者、火弗レ能レ熱、水弗レ能レ溺、寒暑弗レ能レ害、禽獣弗レ能レ賊」。㉘不思議な出来事がおこることもない。㉙九八二年

独繭《とくけん》を成すがごとし。その住まふこと幾時《いくとき》ぞ。ああ、聖賢《せいけん》の家を造る、民《たみ》を費《つひや》さず、鬼《き》を労せず。仁義《じんぎ》を以て㉓棟梁《とうりやう》と為し、礼法《れいはふ》を以て柱礎《ちゆうそ》と為し、道徳《たうとく》を以て門戸《もんこ》と為し、慈愛《じあい》を以て㉔垣墻《ゑんしやう》と為し、㉕好倹《かうけん》を以て家事《かし》と為し、㉖積善《せきせん》を以て家資《かし》と為す。その中に居る者は、㉗火も焼くこと能《あた》はず、風も倒すこと能はず、㉘妖《えう》も呈《あらは》ることを得ず、災《わざはひ》も来《きた》ることを得ず、鬼神《きしん》も窺《うかが》ふべからず、盗賊《たうぞく》も犯《をか》すべからず。その家自《おの》づから富み、その主《あるじ》これ寿《いのちなが》し。官位永く保《たも》ち、子孫相承《あひう》く。慎《つつし》まざるべけんや。㉙天元五載孟冬《てんげんごさいまうとう》十月、家主保胤《やすたね》、自《みづか》ら作り自ら書けり。

コラム

「差図《さしづ》」の想像力

『方丈記』で名高い鴨長明だが、『発心集』という仏教説話集も編纂している。その巻五に、邸宅の「差図（設計図面）」を紙に描き、そこでの満ち足りた生活をあれこれ思い描いて満足する男の話がある。この奇妙な性癖の男に、長明は自己の分身を見ていたのかもしれない。

貧男《ひんなん》、差図《さしづ》を好む事

近き世の事にや、年はたかくて、貧しくわりなき男ありけり。司などある者なりけれど、出で仕ふるたつきむなし。さすがに古めかしき心にて、奇《あや》しきふるまひなどは思ひよず、世執《せいしふ》なきにもあらねば、又かしらおろさんと思ふ心もなかりけり。常には居所《ゐどころ》もなくて、古き堂のやぶれたるにぞ舎《やど》りたりける。

つくづくと年月送る間に、朝夕《あさゆふ》するわざとては、人に紙反故《かみほんぐ》など乞ひあつめ、いくらも差図をかきて、家作るべきあらましをす。「寝殿はしかしか、門は何か」など、これを思ひはからひつつ、尽きせぬあらましに心を慰めて過ぎければ、見聞く人は、いみじき事のためしになん云ひける。（下略）

第八講　交響する和漢のことば

◆ポイント◆漢詩や和歌を朗詠するとは、朗詠の場を共有する者たちが共通する思いを漢詩・和歌に託して意思疎通を図ることであった。そうした文化的意味的空間を構築している所が、平安時代の文学を育んだ空間でもある。一条帝に入内した関白藤原道隆の娘定子皇后の許に出仕した清少納言の耳目を捉えた宮廷生活をのぞいてみよう。そこでは、貴公子によって場や折に相応しい漢詩や和歌の佳句が朗詠され、それを聞いた女房によって貴公子のすばらしさ、風流を解する態度がさまざまに賞賛されるという、耳を媒介とした文化空間が見いだされるのである。

枕草子◆まくらのそうし

清少納言による随筆。内容において、「…は」「…もの」という形で始まる類聚的章段、日付がはっきりしていないものもあるが、体験したことを書き留めた日記的章段、心に浮かぶことを自由に書きつけた随想的章段の、三つに分類される。これらすべてが一気に書き留められたわけではなく、漸次形をとったとおぼしい。『枕草子』は、清少納言が中宮定子より与えられた紙に認めたものであり、定子の許へ出仕しなければ成り立たなかった作品である。（本文は新編日本古典文学全集に拠った。）

伊周《これちか》の優姿《やさすがた》

御供に①廂《ひさし》より②大納言殿御送りにまゐりたまひて、③ありつる花のもとに帰りゐたまへり。④宮の御前の御几帳《みきちやう》押しやりて、⑤長押《なげし》のもとに出でさせたまへるなど、何となくただめでたきを、候ふ人も、思ふ事なき心地するに、⑥「月も日もかはりゆけども久《ひさ》に経《ふ》るみむろの山の」といふことを、いとゆるらかにうち出だしたまへる、いとをかしうおぼゆるにぞ、げに⑦千歳《ちとせ》も⑧あらまほしき御ありさまなるや。

（三巻本　二一段）

①母屋の部屋より一段低くなった所。宮中、清涼殿の孫廂。
②藤原伊周。定子の同母兄。この記事は正暦五年春なので権大納言時代。
③一㍍五〇㌢を越える桜の枝を何本も舶来品の青磁の瓶にさして高欄に置いてあった。
④定子、一八歳。
⑤母屋と廂の間の境にわたした横木。上長押と下長押がある。
⑥「万葉集」巻十三　下句「三《み》諸《むろ》の山の離宮所《とつみやどころ》」
⑦永遠。
⑧ふさわしい。

朗詠が響く場

①大納言《だいなごん》殿まゐりたまひて、②文《ふみ》の事など奏《そう》したまふに、例の、夜いたくふけぬれば、御前なる人々、一人二人づつ失せて、御屏風、御几帳のうしろなどに、みな隠れ臥《ふ》しぬれば、ただ一人、③ねぶたきを念じて候ふに、④「丑《うし》四つ」と奏すなり。⑤「明けはべりぬなり」とひとりごつを、大納言殿、「いまさらに、⑥な大殿籠《おほとのご》もりおはしましそ」とて、寝《ぬ》べきものともおぼいたらぬを、⑦「うたて、何しにさ申しつらむ」と思へど、また、人のあらばこそはまぎれも臥さめ。⑧上《うへ》の御前《おまへ》の柱に寄りかからせたまひて少しねぶらせたまふを、⑨「かれ見奉《たてまつ》らせたまへ。今は明けぬるに、かう大殿籠もるべきかは」と申させたまへば、⑩「げに」など、⑪宮の御前にも笑ひきこえさせたまふも知らせたまはぬほどに、⑫長女《をさめ》が童《わらは》の、鶏《にはとり》をとらへ持

①藤原伊周。道隆男。正暦三（九九二）年、任権大納言。
②漢詩文を天皇にご進講する。
③眠たいのを我慢して伺候していると。
④今の午前二時頃。
⑤「夜が明けてしまいましたね」と聞こえるくらいの声で独り言を言うと。

て来て、「あしたに里へ持て行かむ」と言ひて隠しおきたりける、⑬いかがしけむ、犬見つけて追ひければ、⑭廊《らう》の間木《まぎ》に逃げ入りて、⑮おそろしう鳴きののしるに、皆人起きなどしぬなり。⑯上《うへ》もうちおどろかせたまひて、「いかでありつる鶏《とり》ぞ」などたづねさせたまふに、大納言殿の、「⑰声明王《こゑめいわう》のねぶりをおどろかす」といふことを、高《たか》ううち出だしたまへる、めでたうをかしきに、⑱ただ人のねぶたかりつる目もいと大きになりぬ。「⑲いみじき折の事かな」と、上も宮も興ぜさせたまふ。なほ、かかる事こそめでたけれ。（三巻本　二九三段）

⑥今からお寝みなさいますな。
⑦あらいやだ、何だってあんなこと言ってしまったのかしら。
⑧主上（一条天皇）。
⑨「あれをお見申し上げなさいませ…」以下、伊周から中宮定子への発言。
⑩「本当に…」定子から伊周への発言。
⑪定子
⑫下級女官長である長女が召使いとして使っている童女。
⑬どうしたのだろうか。挿入句。
⑭清涼殿北廊の棚のようなもの。
⑮すさまじく鳴きたてるので。
⑯帝もはっとお目をさまされ。
⑰鶏人暁に唱ふ、声明王の眠りを驚かす。『和漢朗詠集』「禁中」都良香。
⑱帝と臣下の者を対比させる。ここでは明王に対してただ人清少納言のこと。
⑲風流とはかけ離れているけれど、そんな折のすばらしい朗詠である。

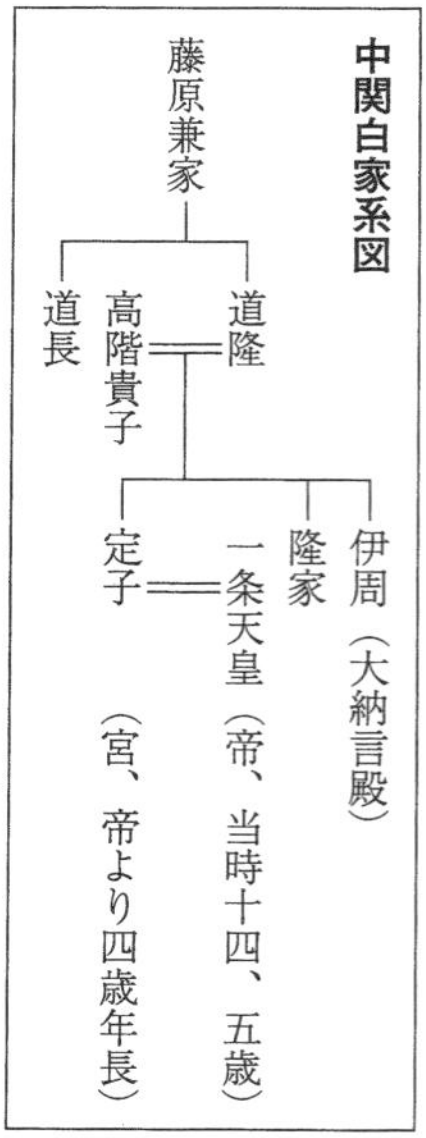

和漢朗詠集《わかんろうえいしゅう》◆

折にふれて人々に口ずさまれた漢詩・和歌を集めたもので、平安時代中期、藤原公任《きんとう》（九六六〜一〇四一）によって編纂された。題に対し、漢詩句と和歌が併置されている特徴を持つ。集中の佳句は、文芸の世界ばかりでなく、美術工芸作品の意匠となったり、日常生活の機知ある会話に取り入れられたり、物語の本文に取り入れられるなど、長く日本の美的世界の表出に使用された。和漢の文芸世界は、「みやび」と呼称され、近代になるまで温存されてきた。（本文は日本古典文学大系に拠り、一部改めた。）

禁中

都　良香（出典『本朝文粋』巻三「漏刻策」）

鶏人暁唱　声驚明王之眠　鳧鐘夜鳴　響徹暗天之聴

①鶏人《けいじん》、暁《あかつき》に唱《とな》ふ　声②明王《めいわう》の眠《ねぶ》りを驚かす
③鳧鐘《ふしよう》夜鳴る　響《ひび》き暗天《あんてん》の④聴《き》きに徹《とほ》る

藤原経信（出典『拾遺集』秋）

⑤ここにだに光さやけき秋の月雲⑥の上こそ思ひやらるれ

①時刻を管理する役人
②聡明な王。明敏な王は夜明けとともに起き、政務を行う。
③周代に鳧氏が鐘を作ったことによる。
④人々の耳に達する。
⑤蔵人所《くろうどどころ》。詞書「延喜《えんぎ》御時（醍醐帝代）、八月十五夜蔵人所のをのこども月の宴し侍りけるに」
⑥帝の御前。なおさら清かな月が眺められるだろう。

春夜

背燭共憐深夜月　踏花同惜少年春

白楽天　（出典『白氏文集』巻十三）

①燭《ともしび》を背《そむ》けては②共に憐《あは》れむ　深夜の月

③花を踏んでは④同じく惜《を》しむ　少年《せうねん》の春

⑤春の夜のやみは⑥あやなしむめの花いろこそ見えね香やはかくるる

凡河内躬恒　（出典『古今集』春上）

仏事

願以今生世俗文字之業狂言綺語之誤　飜為当来世世讃仏乗之因転法輪之縁

白楽天　（出典『白氏文集』巻七十一）

願《ねが》はくは今生世俗文字《こんじやうせぞくもんじ》の業《ごふ》　①狂言綺語《くゐやうげんきぎよ》の誤《あやま》りをもつて

②飜《かへ》して③当来世世《たうらいせせ》　④讃仏乗《さんぶつじよう》の因《いん》　⑤転法輪《てんぽふりん》の縁《えん》とせむ

①燭台の火を壁の方へ退けて。
②友と一緒に月を賞美する。
③地に散った花を歩きながら踏んで。
④友と一緒に青春の過ぎてゆくことを惜しむ。
⑤詞書「春の夜梅の花を詠める」
⑥文目《あやめ》、条理がたたない。「春の夜の闇」を擬人化している。梅の花の芳香は真っ暗な夜の闇の中でも隠れない。

①いいかげんな言葉と、真実味のない飾り立てた言葉。
②「ひるがへして」とも。私の罪を止揚転回して。
③来世。
④仏の教えを讃える。「乗」は、仏の教えは衆生を乗せて彼岸に至らせる、の意。
⑤説法のこと。仏法の車輪を巡らして前進させる意。

第九講

宴《うたげ》のことば／ことばの宴

◆ポイント◆漢詩、和歌、歌謡。宴を彩ることばは、さまざまある。しかし、敦成親王誕生五十日の祝宴に彩りを加えたのは、やまとことばの饗宴ともいえる『源氏物語』に由来したことばであった。

紫式部日記《むらさきしきぶにっき》◆

『源氏物語』作者の書いた『紫式部日記』には、紫式部が一条天皇の中宮彰子に仕えていた期間のうち、寛弘五年（一〇〇八）七月から同七年正月にいたる約一年半の見聞や感慨が書き留められている。なかに、消息文とみられるものも含まれる。記事の内容は、親王誕生、五節、賀茂祭、女房批評、自身の内面を綴ったものと、多岐にわたるが、さまざまな宴の記事は、この日記の特質となっている。なお、紫式部は藤原為時の女《むすめ》。夫は藤原宣孝で、女は後冷泉天皇の乳母《めのと》大弐三位賢子。賢子が生まれて間もなく夫と死別し、その後、一条天皇の中宮彰子に仕えた。著作には『源氏物語』『紫式部日記』の他に歌集『紫式部集』がある。三十六歌仙のひとり。（本文は新編日本古典文学全集に拠った）

敦成親王五十日《いか》の祝宴

御五十日《いか》は霜月《しもつき》の朔日《ついたち》の日。例の、人々のしたててのぼりつどひたる御前《おまへ》の有様、絵にかきたる①物合《ものあはせ》の所にぞ、いとよう似てはべりし。

御帳《みちやう》の東の御座《おまし》のきはに、御几帳《みきちやう》を奥の御障子《みさうじ》より廂《ひさし》の柱まで、ひまもあらせず立てきりて、南面《おもて》に御前②のものはまゐり据ゑたり。西によりて、大宮③のおもの、例の沈《ぢん》の④折敷《をしき》、何くれの台なりけむかし。そなたのことは見ず。御まかなひ宰相の君讃岐《さぬき》、とりつぐ女房も、釵子《さいし》、元結《もとゆひ》などしたり。若宮の御まかなひは大納言の君、東によりてまゐり据ゑたり。小さき御台、御皿ども、御箸の台、⑤洲浜《すはま》なども、雛遊《ひひなあそ》びの具と見ゆ。それより東の間の廂《ひさし》の御簾《みす》すこしあけて、弁の内侍《ないし》、中務《なかつかさ》の命婦《みやうぶ》、小中将の君など、さべいかぎりぞ、取りつぎつつまゐる。奥にゐて、くはしうは見はべらず。

今宵、少輔《せふ》の乳母、色ゆるさる。ただしきさまうちしたり。宮抱きたてまつれり。御帳のうちにて、殿の上抱きうつしたてまつりたまひて、ゐざり出でさせ給へる火影《ほかげ》の御さま、けはひことにめでたし。赤いろの唐の御衣《みそ》、地摺《ぢずり》の御裳《も》、うるはしくさうぞきたまへるも、かたじけなくもあはれに見ゆ。大宮は葡萄染《えびぞめ》の五重《いつへ》の御衣、蘇芳《すはう》の御小袿《こうちき》たてまつれり。殿、⑥餅《もちひ》はまゐりたまふ。

上達部《かんだちめ》の座は、例の東の対の西面《おもて》なり。いま二⑦ところの大臣《おとど》も、まゐりたまへり。橋

①左右に分かれて物事の優劣を競う遊戯の総称。
②中宮と親王の食膳。
③中宮彰子のこと。
④沈香の木の片木《へぎ》（薄い木）で作った角盆。
⑤浜辺の入りこんだ形状をかたどった台。饗宴の飾り物。
⑥祝いの折、赤子に含ませる餅。
⑦右大臣藤原顕光、内大臣藤原公季。

の上にまゐりて、また酔《ゑ》ひみだれてののしりたまふ。⑧折櫃物《をりびつもの》、⑨籠物《こもの》どもなど、殿の御かたより、⑩まうち君たちとりつづきてまゐれる、高欄《かうらん》につづけて据ゑわたしたり。⑪たちあかしの光の心もとなければ、⑫四位の少将などを呼びよせて、脂燭《しそく》ささせて人々は見る。内の台《だい》盤所《ばんどころ》にもてまゐるべきに、明日よりは御物忌《ものいみ》とて、今宵みな急ぎてとりはらひつつ、⑬宮の大夫《たいぶ》、御簾のもとにまゐりて、「上達部御前に召さむ」と啓したまふ。聞こしめしつとあれば、殿よりはじめたてまつりて、みなまゐりたまふ。階の東の間を上にて、東の妻戸《つまど》の前までゐたまへり。女房、二重《ふたへ》三重《みへ》づつゐわたされたり。御簾どもを、その間にあたりてゐたまへる人々、よりつつまき上げたまふ。

大納言の君、宰相の君、小少将の君、宮の内侍とゐたまへり。⑭右の大臣よりて、御几帳のほころび引きたちみだれたまふ。さだすぎたりとつきしろふも知らず、扇をとり、たはぶれごとのはしたなきも多かり。大夫、⑮かはらけとりて、そなたに出でたまへり。⑯美濃山うたひて、御遊び、さまばかりなれど、いとおもしろし。

そのつぎの間の、東の柱もとに⑰右大将よりて、衣の褄《つま》、袖ぐち、かぞへたまへるけしき、人よりことなり。酔ひのまぎれをあなづりきこえ、また誰とかはなど思ひはべりて、はかなきこともいふに、いみじくざれいまめく人よりも、けにいと恥づかしげにこそおはすべかめりしか。さかづきの順《ずん》のくるを、大将はおぢたまへど、例のことならひの、千年《ちとせ》

⑧檜の薄板を折り曲げて作ったいれもの。
⑨果物を入れる。
⑩道長の家の家司たちのこと。
⑪庭に掲げ持たせた松明。
⑫源雅通。
⑬中宮職の長官。藤原斉信。
⑭右大臣藤原顕光。
⑮素焼きの杯。
⑯催馬楽。歌詞は「簑山に　しんじに生《お》ひたる　玉柏　豊明《とよのあかり》に　会ふが楽しさや会ふが楽しさや」
⑰藤原実資。

万代《よろづよ》にて過ぎぬ。

⑱左衛門《さゑもん》の督《かみ》、「あなかしこ、このわたりに、わかむらさきやさぶらふ」と、うかがひたまふ。源氏に似るべき人も見えたまはぬに、かの上は、まいていかでものしたまはむ、と聞きゐたり。⑲「三位《さんみ》の亮《すけ》、かはらけ取れ」などあるに、⑳侍従の宰相立ちて、㉑内の大臣のおはすれば、下より出でたるを見て、大臣酔ひ泣きしたまふ。㉒権《ごん》中納言、すみの間の柱もとによりて、兵部《ひやうぶ》のおもとひこしろひ、聞きにくきたはぶれ声も、殿のたまはす。

⑱藤原公任と言われている。
⑲中宮権亮藤原実成。
⑳三位の亮と同一人。
㉑内大臣藤原公季。
㉒藤原隆家。

コラム

『源氏物語』には、若紫巻に登場する少女（後の紫上）を、「わかむらさき」と呼びなした箇所はない。少女は、若紫巻において、祖母や乳母の歌、そして光源氏の歌のなかで、「若草」「初草」「初草の若葉」「野辺の若草」といいなされている。

生ひ立たむありかも知らぬ若草をおくらす露ぞ消えんそらなき（祖母）
初草の生ひゆく末も知らぬ間にいかでか露の消えんとすらむ（乳母）
初草の若葉のうへを見つるより旅寝の袖もつゆぞかわかぬ
手に摘みていつしかも見む紫のねにかよひける野辺の若草（光源氏）

第十講 現し身を生きる

◆ポイント◆「狂言綺語《きやうげんきご》の誤り」を翻《ひるがえ》して「転法輪の縁《えにし》とせむ」の白楽天の詩句（『和漢朗詠集』下・仏事）は、「真名《まな》」でなく「仮名」で書かれた文芸にもあてはまるのか。そうした仮名文芸の極北に位置して、和泉式部のことばとふるまいが、人々の間で絶えず物議をかもす。紫式部の『源氏物語』とて例外でない。中世になると「紫式部堕地獄説」がとなえられ、それの救済のため「源氏供養」の法会が盛んに催された。

和泉式部集《いづみしきぶしゅう》◆

一、五〇〇首に及ぶ歌数の多さはもとより、いくつもの秀歌を残したことで、和泉式部（九七七?〜?）は日本第一の歌人に位置づけられる。しかしその恋の遍歴から、同時代においてすでに「うかれ女」（道長）と揶揄《やゆ》され、「されど和泉はけしからぬかたこそあれ」（紫式部）と評された。それもあってか、『宇治拾遺物語』の巻頭話をはじめとして、後世いくつもの逸話が語り伝えられた。実人生と一体化して歌の世界を生きた式部の、その多感な生涯ゆえであったろう。とはいえ、その時々に詠まれた歌は真情にあふれ、読者の心を打つ。その表現世界のかなたには、仏教的な救済が、絶えざる彼岸《ひがん》の夢として想い描かれていた。帥宮《そつのみや》との出会いを題材とした『和泉式部日記』は他作説が有力で、また他撰であるが『和泉式部集（正・続）』がある。他に勅撰集入集歌二四八首から抜粋した『宸翰和泉式部集』などもある。（本文は岩波文庫『和泉式部集・和泉式部続集』に拠った）

はるかに照らせ

①播磨の聖の御許《おもと》に、②結縁のために聞えし

③冥《くら》きより冥き道にぞ入りぬべきはるかに照らせ④山の端の月　（一五一）

①播磨の書写山に円教寺を創建した性空上人。②仏道に縁を結ぶこと。③法華経化城喩品「従レ冥入ニ於冥一、永不レ聞ニ仏名一」を踏まえる。④性空上人を寓する。

黒髪の乱れも知らず

黒髪の乱れも知らずうち臥《ふ》せばまずかきやりし人ぞ恋しき　（八六）

観《ズレバ》レ身《ヲ》岸額《ノひたいニ》離《レタル》レ根草、論《ズレバ》レ命《ヲ》江頭《ノほとりニ》不《ル》レ繋《ガ》舟

①みる程は夢も頼まるはかなきはあるをあるとて過ぐすなりけり　（二六九）

何のため②なれるわが身といひ顔に③やくとも物の歎かしきかな　（三〇六）

④夢にだに見で明しつる暁の恋こそ恋のかぎりなりけれ　（一〇五三）

玉すだれ垂れ籠めてのみ寝しときは⑤あくてふ事も知られやはせし　（一〇五六）

野辺に出でて花見る程の心にもつゆ忘られぬ物は⑥世の中　（一三九五）

①和漢朗詠集「無常」の部の羅維の作を「みをくわんずればきしのひたいにねをはなれたるくさ、いのちをろんずればえのほとりにつながるふね」と訓じて、その各音節を句頭にすえて詠んだ一連の歌の初句。②生まれてきたわが身。③もっぱら。④夢にさえ恋しい人を見ないで明かした暁の恋こそ、恋の極致なのであった。⑤「飽く」と「明く」をかける。⑥長恨歌「春宵苦短日高起」。⑥男と女の関係。

①藤原道長。②あの女の（扇です）。③「越ゆ」「越す」は男女が契りを結ぶ意。④「扇」「逢う」をかける。⑤自分の意に従うかどうか、はっきり言えという男に。⑥「方」（方向）に

さしても寄らぬ

ある人の、扇《あふぎ》を取りて持給《もたま》へりけるを御覧じて、①大殿、「誰《た》がぞ」と問はせ給ひければ、「②それが」と聞え給ひければ、取りて、「うかれ女《め》の扇」と書きつけさせ給へるかたはらに

④越えもせむ越さずもあらん逢坂《あふさか》の関守《せきもり》ならぬ人なとがめそ　（二二六）

「⑤ともかくもいへ」といふ男《をとこ》に

⑥そのかたとさしても寄らぬ浮舟のまた漕《こ》ぎはなれ思ふともなし　（四三三）

津の国なる人、「たびたび文《ふみ》やりしは見ぬか」といひたるに

⑦難波人なにはの事を書けりけむ⑧ただこの度ぞみつの浜松　（八〇一）

「潟」をかけ、「浮舟」（自分の比喩）の縁語とした。「玉江漕ぐ葦刈り小舟さし分けて誰を誰とか我は定めん」（後撰集・詠み人知らず）「玉江漕ぐ菰刈り舟のさしはえて浪間もあらば寄らむとぞ思ふ」（拾遺集・詠み人知らず）⑦「難波人」は「なにはの事」（何の事）の枕詞。⑧お手紙を見るのは、こんどが初めてです。「みつ」（御津）は難波津の古名。「見つ」をかけた。**「伊勢集」「平中物語」**二段。

夢の世を（帥宮挽歌）

①なほ尼《あま》にやなりなまし、と思ひ立つにも

捨てはてんと思ふさへこそ悲しけれ②君に馴《な》れにし我が身と思へば　（九五三）

語らひし声《こゑ》ぞ恋しき俤《おもかげ》は③ありしそながら物も言はねば　（九五六）

④つくづくとただ惚《ほ》れてのみおぼゆれば

はかなしとまさしく見つる夢の世をおどろかで寝《ぬ》る我は人かは　（九六三）

①「なほ」で、前から出家への志向があったことをほのめかす。②「形見こそ今はあだなれこれなくば忘るるときもあらましものを」（古今集・詠み人知らず）③ご生前そのままでありながら。④つくねんと、ただ呆けたような気ばかりするので。⑤此岸（この世）と彼岸（あの世）。⑥故宮のための喪

身を分けて涙の川《かは》のながるれば⑤こなたかなたの岸とこそなれ　（九八二）

⑥御服《おんぷく》脱ぎて

⑦限りあれば藤《ふぢ》の衣は脱ぎ捨てて涙の色を染めてこそ着れ　（九八七）

言はばなべてに

歎く事ありと聞きて、人の、「いかなる事ぞ」と問ひたるに

ともかくも言はばなべてに①なりぬべし音《ね》に泣きてこそ見せまほしけれ　（一一六三）

②瑠璃《るり》の地と人も見つべしわが床《とこ》は涙の玉と敷きに敷ければ　（二八八）

③内侍《ないし》のうせたる頃《ころ》、雪の降りて消えぬれば

などて君むなしき空に消えにけん④淡雪《あは》だにもふればふる世に　（四八二）

留《とど》め置きて誰《たれ》をあはれと思ひけん⑤子はまさるらん子はまさりけり　（四八五）

服。⑦「かぎりあれば今日ぬぎすてつ藤衣はてなき物はなになりけり」（拾遺集、哀傷、道信）。「さくら色に衣はふかくう染めて着ん花の散りなん後のかたみに」（古今集、春上、紀有友）。

①ありふれた事。②「瑠璃の地」は、薬師如来が東方に瑠璃（七宝の一つ）を敷きつめた浄土。③娘の小式部内侍の死は万寿二（一〇二五）年十一月。④淡雪だって、そのまま暫くは消えずにいる世であるのに。⑤娘にとっては、きっと親の私よりも子どもの方がまさっているだろう、私にしても、親に死別した時よりもあの子が亡くなってその悲しみを初めて知った。

①「ながらへばまたこの頃や偲ばれむ憂しと見し世ぞ今は恋しき」（新古今集・藤原清輔）②親類縁者からも。③上を「無く」で受け、下へは「泣く泣く」でかかる。④かりそめにでもあはれと思って。「声をだに

死出の山道

①惜《を》しと思ふ折《をり》やありけむあり経《ふ》ればいとかくばかり憂《う》かりける身を （二九四）

②類《るい》よりもひとり離れて③知る人もなくなく越えん死出《しで》の山道 （三〇九）

寝《ね》し床《とこ》に魂なき骸《から》をとめたらば④無《な》げのあはれと人も見よかし （三一一）

はかもなき露をば⑤更にいひおきてあるにもあらぬ身をいかにせん （一三九八）

⑥しばし経《ふ》る世だにかばかり住み憂きに哀《あは》れいかでかあらんとすらむ （一四〇〇）

過ぎ行くを月日とのみも思ふかな今日ともおのが身をば知らずて （一四〇二）

沢のほたる

①男に忘られてはべりけるころ、①貴船《きぶね》に参りて、御手洗《みたらし》川にほたるの飛びはべりけるを見て詠める

もの思へば沢のほたるもわが身よりあく③がれ出づる魂かとぞみる

御かへし

奥山にたぎりて落つる④滝つ瀬に⑤魂散るばかり物な思ひそ

この歌は貴船の明神の御返しなり、男の声にて和泉式部が耳に聞こえけるとなんいひ伝へたる

（後拾遺集・神祇）

聞かで別るる魂よりもなき床に寝む君ぞかなしき」（古今集・詠み人知らず）⑤改めていうのをやめて。「おき」は「露」の縁語。⑥しばらく生きているこの世でさえ、住みづらいのに、澄ますことがむつかしい―心を一体、死後の無明の世をどうやってすごそうとするのか。

①俊頼髄脳に「和泉式部が保昌に忘られて貴舟に参りてよめる歌」とある。②貴船神社。京都市左京区鞍馬貴船町にある式内社。③伊勢物語一一〇段「思ひあまり出でにしたまのあるならむ夜深く見えば魂結びせよ」源氏物語葵巻「嘆きわび空に乱るるわがたまを結びとどめよしたがひのつま」。④貴船神社に参る道添いの貴船川は急流で、滝つ瀬も多い。⑤「滝つ瀬」の水の玉（飛沫）から魂の意に転じて言う。「魂散る」は魂がさまようことを言った。この贈答歌については、無名草子、古今著聞集、沙石集などにも見える。

第十一講

鄙《ひな》にありて都を想う

◆ポイント◆王統からはずれた者たちの集団がある。賜姓源氏や賜姓在原氏という、皇室から臣下の者になった者たちがそれにあたる。その他、この世の掟に背いたことによって配流に処せられた者たち、この世から出家して僧綱を得た者たち。それらの者たちが身分を越え、京を離れ移動する。そこに文学が生み出された側面を捉えたい。周縁に生きることを余儀なくされた文人たちの生の軌跡は、文学作品として結晶している。

古今和歌集III

◆こきんわかしゅうIII

作者紹介◇小野篁　八〇二～八五二。野宰相・野相公と号す。承和七年流罪より許され、従三位に至る。詩文・書に優れ、和歌も詠んだ。◇在原行平　八一八～八九三。平城天皇皇子阿保親王の子で業平の兄。在民部卿と称す。（本文は『国歌大観』に拠り、一部改めた。）

①現在の島根県隠岐の島。

②仁明天皇代の承和五（八三九）年、遣唐副使に任ぜられた篁は大使藤原嗣常と争い、病気を理由に乗船を拒否した罪により、流罪。

③広がる大海原。

◆配流　罪を得て京から鄙の地へ流された者の歌は、その悲哀ゆえか、人口に膾炙され、物語にも取り入れられている。

①隠岐の国に②流されける時に、舟に乗りていでたつとて、京なる

人のもとにつかはしける

わた③の原八十④島かけてこぎ出でぬと人にはつげよあまのつり舟

小野篁

(『古今集』巻九　羈旅)

田⑤村の御時に、事⑥にあたりて津⑦の国の須磨といふ所にこもり
侍りけるに、宮⑧の内に侍りける　人につかはしける

わく⑨らばにとふ人あらば須磨の浦に藻塩⑩たれつつわぶ⑪とこたへよ

在原行平

(『古今集』巻十八　雑歌下)

④たくさんの島。
⑤文徳天皇
⑥事件に遭遇して
⑦摂津国。今の兵庫県。
⑧宮中に出仕している
⑨たまたま
⑩「しほたる＝泣く」との掛詞。海人は海藻に海水をかけて塩を生産する。
⑪寂しさに苦しむ。

和漢朗詠集Ⅱ《わかんろうえいしゅうII》

作者紹介◇菅原道真　八四五〜九〇三。宇多天皇の側近の一人。右大臣になったが、藤原時平の讒言《ざんげん》にあい失脚。太宰府へ左遷された。漢詩なら道真、和歌なら素性と、宇多天皇に愛でられた。

都①府楼にはわづかに瓦の色を見る

観②音寺にはただ鐘の声を聞く

菅原道真

(『和漢朗詠集』「閑居」出典『菅家後集』「不出門」)

①都督府である大宰府の正門。
②福岡県大宰府にある。道真が流された配所に近い。

伊勢物語◆いせものがたり

藤原氏が摂関の座についた平安中期、政治世界での出世は藤原北家を中心とする一群の者たちに絞られ、皇位継承もそれらの者たちに掌握されていた。王権からはずされてしまった者たちは風流な生き方を志向し、文芸を主軸とした「みやび」の世界を希求するに至る。奇しくも桓武天皇の孫である在原業平は、漢詩漢文より和歌に堪能な人物であったという。物語という虚構の中に「みやび」を志向する風流な人々の和歌世界を構築した『伊勢物語』には、こうした王権との距離を保った人物が登場する。「昔男」という記号は、モデルとしての在原業平を示す場合が多いが、なかには虚構もあることに注意したい。

（本文は新編日本古典文学全集に拠った。）

東下り

①むかし、男ありけり。その男、身を②えうなきものに思ひなして、京にはあらじ、あづま③の方《かた》にすむべき国もとめにとてゆきけり。もとより友とする人、ひとりふたりしていきけり。道しれる人もなくて、④まどひいきけり。⑤三河《みかは》の国、八橋《やつはし》といふ所にいたりぬ。そこを八橋といひけるは、水ゆく河の⑥くもでなれば、橋を八つわたせるによりてなむ、八橋といひける。その沢のほとりの木のかげにおりゐて、⑦かれいひ食ひけり。その沢に⑧かきつばたいとおもしろく咲きたり。それを見て、ある人のいはく、「かきつばた、といふ五文字《いつもじ》を句の上《かみ》にすゑて、旅の心をよめ」といひければ、よめる。

①伊勢物語にこのことばから始まる章段が多い。
②重要でない。
③東国。
④選択ぶともできず、困惑する。
⑤現在の愛知県南部。
⑥川の流れが蜘蛛の足のように分流しているさま。
⑦旅の折に持参する携行食。
⑧湿地に自生し、初夏に白・紫色の花をつける。
⑨「着る」の枕詞。「着つつ」までが、「なれ」の序詞。「着つつ」は、「来つつ」を掛ける。
⑩「妻」と「褄」の掛詞。

⑨から衣きつつなれにし⑩つましあれば⑪はるばるきぬるたびをしぞ思ふ

とよめりければ、みな人、かれいひのうへに涙落してほとびにけり。

（三条西旧蔵本　九段）

小野の里

むかし、①水無瀬に通ひたまひし②惟喬《これたか》のみこ、③例の狩しにおはします供《とも》に、④馬の頭《かみ》なるおきな仕《つか》うまつれり。日ごろ経て、宮にかへりたまうけり。御おくりして⑤とくいなむと思ふに、大御酒たまひ、⑥禄たまはむとて、つかはさざりけり。この馬の頭、⑦心もとながりて、

⑧枕とて草ひきむすぶこともせじ秋の夜とだにたのまれなくに

と詠みける。時は⑨三月のつごもりなりけり。親王⑩おほとのごもらで明かしたまうてけり。かくしつつまうで仕うまつりけるを、思ひのほかに、⑪御ぐしおろしたまうてけり。正月《むつき》におがみ奉らむとて、⑫小野にまうでたるに、⑬比叡《ひえ》の山のふもとなれば、雪いと高し。しひて⑭御室にまうでておがみ奉るに、⑮つれづれといとものを悲しくておはしましければ、やや久しくさぶらひて、いにしへのことなど思ひいで聞えけり。さても⑯さぶらひてしがなと思へど、⑰おほやけごとどもありければ、えさぶらはで、夕暮にかへるとて、

⑱忘れては夢かとぞ思ふおもひきや雪ふみわけて君を見むとは

とてなむ泣く泣く来にける。

（三条西旧蔵本　八十三段）

⑪「はるばる」と「張る」の掛詞。なお、唐衣・着つつ・なれ・褄・張るは縁語。

①摂津国（現大阪府）の地名。ここに親王の離宮があった。
②文徳《もんとく》帝第一皇子。小野宮と号す。母は紀名虎《きのなとら》の娘静子。
③いつものように。
④右馬寮の長官。業平のこと。
⑤早くおいとましよう。
⑥褒美。女の装束のことが多い。
⑦落ち着かなく思って。
⑧晩春の今日は、秋ではないので、旅寝をするには夜は短すぎる。新勅撰・羇旅・業平
⑨暦の上では春の最後の日。
⑩寝るの尊敬語。
⑪出家すること。
⑫山城国愛宕郡（京都市八瀬）
⑬都の東側に比叡山。
⑭惟喬親王の住居である僧坊。
⑮所在ない。
⑯このままおそばにいたい。
⑰宮仕人は宮中の行事で忙しい。
⑱古今・雑下・業平

第十二講　浮舟にあこがれて

◆ポイント◆平安後期文学は、憧憬するにせよ、乗り越えようとするにせよ、『源氏物語』に無関心ではいられなかった。漢文ではない仮名散文のカノン化だ。そこには、『源氏』の浮舟にあこがれる心性があった。

更級日記《さらしなにつき》◆

『更級日記』は菅原孝標女《すがわらのたかすえのむすめ》（寛弘五年1008～康平二年1059）が晩年に、自身の人生を回想して書いた日記。『源氏物語』に耽溺し、浮舟にあこがれ、そして挫折をあじわわざるをえなかった、かつての日々の記録でもあった。なお、藤原定家筆『更級日記』の奥書には、「とぞ」と伝聞の形ではあるが、『夜の寝覚』『浜松中納言物語』および散逸してしまった『自ら悔ゆる』『朝倉』を孝標女の作とする記述がある。『源氏』の享受者が、平安後期物語の作者であった次第を垣間見させるものだ。孝標女の母は藤原倫寧女で、母方の伯母が『蜻蛉日記』を書いた道綱母であった。孝標女は祐子内親王（後朱雀天皇の皇女）に仕え、その後、橘俊通と結婚した。（本文は新編日本古典文学全集に拠った）

物語へのあこがれ

①あづま路の道のはてよりも、なほ奥つ方に生い出でたる人、いかばかりかはあやしかり

①常陸国。「あづま路の道のはてなる常陸帯のかごとばかりもあひ見てしがな」（古今六帖、五、紀友則）

けむを、いかに思ひはじめけることにか、世の中に物語といふもののあんなるを、いかで見ばやと思ひつつ、つれづれなるひるま、②宵居《よひゐ》などに、姉、継母《ままはは》などやうの人々の、その物語、かの物語、光源氏のあるやうなど、ところどころ語るを聞くに、いとどゆかしさまされど、わが思ふままに、そらにいかでかおぼえ語らむ。いみじく心もとなきままに、③等身の薬師仏《やくしぼとけ》を造りて、手洗ひなどして、人まにみそかに入りつつ、「京にとくあげたまひて、物語の多くさぶらふなる、あるかぎり見せたまへ」と、④身を捨てて額《ぬか》をつき、祈り申すほどに、十三になる年、上《のぼ》らむとて、九月三日⑤門出《かどで》して、いまたちといふ所にうつる。

年ごろ遊び馴《な》れつる所を、あらはにこほちちらして、立ち騒ぎて、日の入りぎはの、いとすごく霧《き》りわたりたるに、車に乗るとて、うち見やりたれば、人まには参りつつ額をつきし薬師仏の立ち給へるを、見捨てたてまつる悲しくて、人知れずうち泣かれぬ。

浮舟へのあこがれ

継母《ままはは》なりし人、①下りし国の名を宮にもいはるるに、こと人通《かよ》はして後も、なほその名をいはると聞きて、親の、今はあいなきよしいひにやらむとあるに、

　②朝倉や今は雲居《くもゐ》に聞くものをなほ木《こ》のまろが名のりをやする

かやうにそこはかなきことを思ひつづくるを役《やく》にて、物詣《まうで》をわづかにしても、はかば

②夜更かしをすること。

③人の身の丈ほどの薬師如来像。

④夢中になること。

⑤上京の旅に発つにあたり、吉日や方角を考えて、とりあえず近くに移ること。

①継母が孝標と別れた後、後一条帝に仕え、上総の大輔と呼ばれていたこと。

②「朝倉や木（き）の丸殿にわれをれば名のりをしつつ行くは誰が子ぞ」（新古今集、雑中天智天皇）をふまえる。「木のまろが名」は「此のまろが名」を掛けていると思われる。

かしく、人のやうならむとも念ぜられず。このごろの世の人は十七八よりこそ経よみ、おこなひもすれ、さること思ひかけられず。からうじて思ひよることは、「いみじくやむごとなく、かたち有様、物語にある光源氏などのやうにおはせむ人を、年《とし》に一たびにても通はしたてまつりて、浮舟の女君のやうに、山里にかくし据ゑられて、花、紅葉、月、雪をながめて、いと心ぼそげにて、めでたからむ御文などを、時々待ち見などこそせめ」とばかり思ひつづけ、あらましごとにもおぼえけり。

浮舟幻想

道①顕証《けんそう》ならぬ先にと、夜深う出でしかば、立ちをくれたる人々も待ち、いとおそろしう深き霧をも少しはるけむとて②法性寺《ほふさうじ》の大門に立ちとまりたるに、田舎より物見に上る者ども、水の流るるやうにぞ見ゆるや。すべて道もさりあへず、物の心知りげもなきあやしの童《わらは》べまで、ひきよきて行き過ぐるを、車をおどろきあさみたることかぎりなし。これらを見るに、げにいかに出で立ちし道なりともおぼゆれど、ひたぶるに仏を念じたてまつりて、宇治の渡りに行き着きぬ。そこにもなほしもこなたざまに渡りする者ども立ちこみたれば、③舟の楫とりたるをのこども、舟を待つ人の数も知らぬに心おごりしたるけしきにて、袖をかいまくりて、顔にあてて、棹におしかかりて、とみに舟も寄せず、④うそぶいて

①あらわなこと。
②藤原忠平創建の寺。京都市東山区。
③船頭たち。
④そらとぼけるの意。

見まわし、いといみじう⑤すみたるさまなり。むごにえ渡らで、つくづくと見るに、⑥紫の物語に⑦宇治の宮のむすめどものことあるを、いかなる所なれば、そこにしも住ませたるならむとゆかしく思ひし所ぞかし。げにをかしき所かなと思ひつつ、からうじて渡りて、⑧殿の御領所《らうしょ》の宇治殿《うぢどの》を入りて見るにも、浮舟の女君の、かかる所にやありけむなど、まづ思ひ出でらる。

⑤平然としているの意。
⑥『源氏物語』のこと。
⑦宇治の八の宮の娘、大君と中の君。
⑧関白藤原頼通。

コラム

「浮舟へのあこがれ」の中に、「物語にある光源氏などやうにおはせむ人を、年に一たびにても通はしたてまつりて、浮舟の女君のやうに、山里にかくし据ゑられて……」とある。けれども光源氏は第一部、第二部の主人公であり、浮舟は第三部後半になって登場する重要人物である。平安後期物語の主人公たちは、しばしば薫型と言われるが、光源氏のごときヒーロー性をとり返そうとしている側面も見逃せない。狭衣大将《さごろものだいしょう》しかり浜松中納言《はままつちゅうなごん》しかりである。一方、夕顔や浮舟といったはかない面影の女君にも根強い人気があった。たとえば『狭衣物語』の飛鳥井女君であり、彼女は夕顔の女君のように狭衣大将と出会い、別れ、そして浮舟のように入内未遂にいたる。『更級日記』の光源氏と浮舟のとり合わせには、そういった平安後期文学の嗜好がうかがえる。

第十三講　「唐《から》」への二つのまなざし

◆ポイント◆遣唐使が廃止されて二百年余。新たに興った宋王朝は北方異民族の侵入に悩まされ、東アジアの国際情勢はいまだ流動的ななか、あらたな外交関係が模索され、史実とかけはなれた奇妙な物語が語られた。たぶんに神話化されたこれら記憶の物語から、異国に対する当時の人々の、「おそれ」と「あこがれ」の、相反した思いが読みとれる。

浜松中納言物語《はままつちゅうなごんものがたり》◆

『浜松中納言物語』（全五巻、別名『みつの浜松』）は、主人公が唐土へと旅立つ特異な設定によって、この時期の王朝物語の中で異彩を放つ。奝然《ちょうねん》（東大寺僧、九八三年入宋）、寂照《じゃくせう》（俗名大江定基、一〇〇三年入宋）らが、この時期、宋の商船を利用して渡航をはたしており、それらの史実に刺激され、構想されたか。現存本は日本を舞台とする冒頭部分を欠くが、渡唐の様子に始まる巻一と、帰国後の様子を描く巻二以下とが対比され、その二つの世界を、いくつもの「夢」と「転生」の手法でつないでいく。本書に影響され、後に藤原定家は『松浦宮物語』を書く。（本文は新編日本古典文学全集『浜松中納言物語』に拠った）

冒頭欠巻部のあらすじ／父式部卿宮の死を悲しむ主人公中納言は、母のため出家を思いとどまる。その母のもとへ新たに左大将が通い始め、それを不本意に思うが、その娘の大姫君に心惹かれ契りを結ぶ。亡父が唐の第三皇子として転生したとのうわさを聞いた中納言は渡唐を思い立ち、難波から舟出する。その一方で大姫君は懐妊し、女子を産んで出家してしまう。現存巻一は、江南の地に到着した中納言一行が、陸路長安へと向かう旅の行程から始まる。

①やうやうしづまりて、ふるさとおぼしやるに、雲霞《くもかすみ》はるかに隔てて、海山《うみやま》を分け過ぎにけるにつけても、②人々のおぼしたりしさまどもの、あはれにかなしけれど、「いつしか③三の皇子《みこ》、とく見たてまつらむ」と思ふにぞ、よろづなぐさみ給ふ。御門《みかど》の宣旨《せんじ》くだりて、内裏《だいり》の④承願殿《しようぐわんでん》といふところに召しありて、参り給へり。御門三十余《よ》ばかりにて、顔かたち、いみじくうるはしくめでたうおはします。中納言のありさまを御覧ずるにたぐひなし。そこらつどひたる大臣公卿《くぎやう》、「日本は⑤いみじかりけり、かかる人のおはしけるよ」とおどろきて、「いにしへ、⑥河陽県《かうやうけん》に住みける⑦潘岳《はんがく》こそは、わが世にたぐひなきかたちの名をとどめたるも、⑧あいぎやうのこぼるばかりににほへるかたは、さらにかからざりけり」と定め⑨けり。

題を出《い》だして文《ふみ》を作り、遊びをしてこころみるにも、⑩この国の人にまさるはなかりけり。「この人のことをこそ、⑪見ならひとむべかりけれど、この国のこととては、⑫何ごとをかは、中納言には伝へならはすべき」と、御門《みかど》もおぼしめしおどろきて、ただこの中納言を、朝夕《あさゆふ》に⑬もてあそびなづさひたてまつるに、いみじう憂へをやすめ、思ひをのぶることに思へり。

三の皇子《みこ》は、内裏《だいり》のほとり近く、河陽県といふところに、おもしろき宮造りして、そこをぞ御里《さと》にし給へる。母后《ははきさき》ももろともに住み給ふ。⑭皇子の御消息《せいそこ》あり。かぎりなくうれ

①次第に心も落ち着いて。
②別れに際して人々が心配していた様子。
③唐帝の第三子。中納言の亡父の転生した人。
④貞観殿を意図したか。
⑤すばらしい国だったのだなあ。「けり」は既存の事実にはじめて気づいた気持ちをあらわす。
⑥河南省河陽県で洛陽の近郊。
⑦西晋の詩人。張文成「容貌は舅に似たり、潘安仁が外甥なればなり」(和漢朗詠集・妓女)。
⑧愛敬、愛らしさ。
⑨大臣公卿たちが品定めをした。
⑩唐の国のなかで中納言にまさる人はいない、の意。
⑪見習って心に留める意。
⑫伝え習わすべきものは何もない、の意。
⑬相手にしてあそびなじみ申し上げる。この前後、敬語が伴っていないので主語は大臣公卿か。

しくて参り給へり。ところのさま、ほかよりもいみじくめでたく、水の色、石のたたずまひ、庭のおも、梢《こずゑ》のけしきもいみじうおもしろし。⑮こなたに召し入れたり。御年七つ八つばかりにて、うつくしうて、うるはしく鬢《びん》づら結ひ、⑯しやうぞきておはす。ありし御面影にはおはせねど、あはれに、「さぞかし」と見たてまつるに、涙もこぼるる心地し給ふ。皇子も御けしきかはりて、おほかたのことども仰せられて、言葉にはのたまはで、昔を忘れぬに、かく逢《あ》ひ見つるよしのあはれを書きて賜はせたるに、⑰いみじう念ずれど涙とまらず。その御返しの文、雲の⑱浪《なみ》、煙《けぶり》の浪と、はるかにたづねわたりて、生《しやう》を隔て、かたちを代へ給ひつれど、あはれになつかしく、ふるさとを恋ふる心も、たちまちに忘れぬる心を作りて見せたてまつるに、皇子もえ堪《た》へ給はず。

⑲上《うへ》なんどのおぼしまどひしを、さしあたりて見し折は、「などかかることを思ひよりけむ」と、くやしうおぼえ、道のほどはるかに心細く、「いかになりぬる身ぞ」とおぼししを、「いでや、思ひ立たざらましかば、いかにいみじういぶせからまし」と、よろづ、この御前にては、なぐさみて、「頼もしううれし」と思へるけしきを、皇子《みこ》はあはれにかぎりなく思ひたれど、人目には、そのことをおぼえ顔《がほ》にもかけ給はぬを、「かしこう、⑳いうにもおはするかな」と見たてまつる。

⑭三の皇子から中納言宛の手紙がきた。
⑮御子のおられる方。
⑯漢語「装束」を動詞化した表現。
⑰口頭ではなく文章にして中納言に下し与えた。筆談であろう。
⑱以下「忘れぬる心」までは中納言の作った詩の内容。
⑲以下は中納言の思い。故父宮の北の方（中納言の母）などが旅立つ中納言との別れを悲しんで惑乱なさったのを。
⑳優。すばらしくすぐれて。

江談抄《がうだんせう》◆

大江匡房《おほえのまさふさ》（一〇四一〜一一一一）の談話を筆録した『江談抄《がうだんせう》』（全六巻、原漢文）は、「口承」から「書承」へと移行することで有職故実についての学問的考証の始まる、その過渡期の姿を伝える。中で最も長大な話が「吉備入唐間事」で、後にボストン美術館収蔵の『吉備大臣入唐絵巻』として絵画化される。しかしその際、ひらがな表記に改められ、話の伝承経路を示す「源中将師時亭の文会の篤昌の事」（巻五の七一話）との関連も見失われた。原漢文。（本文は新日本古典文学大系『江談抄 中外抄 富家語』に拠った）

源中将《げんちゆうじやう》師時《もろとき》亭《てい》の文会《ぶんくわい》の篤昌《あつまさ》の事

①命《おほ》せられて云はく、「②文場《ぶんぢやう》に何らの事侍《はべ》るや」と。③答へて云はく、「指《さ》したる事候《さふら》はず。④一日《ひとひ》こそ⑤源中将師時の亭に文会候ひしか」と。答へられて云はく、「昨日、⑥進士《しんじ》篤昌の来たり談《かた》るところなり。人々の詩、大略《たいりやく》聞けり。貴下《きか》の詩は篤昌すこぶる⑦受けざるか」と。答へて云はく、「尤《もと》もの理《ことわり》なり。また篤昌の詩は⑧希有《けう》なり。坐せる人々の申され候ふはいかん」と。命せられて云はく、「しかなり。言ふに足らざるものか。⑨事の外に英雄《えいいう》の詞《ことば》をこそ称し侍りしか。文場の気色《けしき》はいかん」と。答へて云はく、「傍若無人《ぼうじやくぶじん》なり。奇怪《きくわい》第一の事これに過ぐべからず。⑩奴袴《さしぬきのはかま》の事制止有るべき事なり」と。命せられて云はく、「英雄を立つるは尤もの理なり。⑪宝志《ほうし》の⑫野馬台《やまたい》の讖《しん》に、⑬「天命三公《てんめいさんこう》に在り。百王《ひやくわう》流れ畢《ことごと》く

①主語は大江匡房。②詩文をめぐる漢学者の交遊圏。③主語は聞き手の藤原実兼。④先日。⑤村上源氏。今鏡に「大納言の次の御弟は師時の中納言と申きし。……大蔵卿匡房と申しし博士の申されけるは、この君は詩の心得て、よく作り給ふとぞ誉め聞こえける」とある。⑥「進士」は文章生の唐名。篤昌は藤原氏で従五位下伊予守。宇治拾遺物語巻四の十話に「民部大夫

竭《つ》きぬ。猿犬《ゑんけん》英雄と称す」と見えたり。王法衰微《わうはふすいび》して、⑭憲章《けんしやう》許されざる徴《しるし》なり」と。予《われ》答へて云はく、「件《くだん》の讖は何事の起こりか」⑮と。命せられて云はく、「いまだ知られざるか、いかん」と。答へて云はく、「知らず候ふ」と。命せられて云はく、「件の讖はこれわが朝の⑯衰相《すいさう》を寄せて候ふなり。よりて⑰将来して、⑱讖書《しんじよ》と号《なづ》くるなり。よりてために日本国を野馬台《やまたい》と云ふなり。また本朝に渡るに由緒《ゆゐしよ》有る事なり」と。

（巻五の七一話）

吉備入唐《きびにつたう》の間の事

「①吉備大臣《きびのおとど》入唐して道を習ふ間、諸道、芸能に博《ひろ》く達《いた》り、聡恵《そうけい》なり。唐土《もろこし》の人すこぶる恥づる気《けはひ》有り。密《ひそ》かに相議《はか》りて云はく、「我ら安からぬ事なり。まづ②普通の事に劣るべからず。日本国の使到来《たうらい》せば、楼《ろう》に登らしめて居《ゐ》しめむ。この事委《つまび》らかに聞かしむべからず。また件《くだん》の楼に宿る人、多くはこれ存《あ》り③難し。しかれば、ただまづ楼に登らせて試みるべし。偏《ひと》へに殺さば忠《ただ》しからざるなり。帰さばまた由《よし》なし。留まりて居《を》らば、我らのためにすこぶる恥有りなん」と。楼に居《ゐ》しむる間、深更に及びて、風吹き雨降りて、鬼物《おに》伺《うかが》ひ来たれり。

（中略／現れた鬼は阿倍仲麻呂であった。この仲麻呂の鬼の手助けを得て、唐人から課せられた難題を、吉備は次々と解決していく。一番目の試練は「文選」から出題された科挙の試験、二番目は

篤昌」と見える。⑦評価しないこと。⑧めったにないような珍妙な代物ということ。⑨匡房のもとに訪れた篤昌が盛んに「英雄」の語を口にしていた。⑩指貫のこと。漢学の場に和様のくだけた服装で臨んだことを非難するか。⑪正しくは「宝誌」。中国梁代の禅僧で、予言をよくした。吉備の入唐より二百五十年ほどまえの人。⑫日本の未来を予言した書。五言二十四句の詩の形をとる。中世以降、様々な注釈研究の対象となった。⑬天の命令はもはや大臣のうえにあり、連綿と続いた王統は皆尽きて、猿や犬のごとき者が英雄と称して権勢を揮う。⑭法律。⑮どのようないわれがあるのでしょうか。⑯衰亡していく様子。帝王百代で日本は滅びるとする百王思想が背景にある。⑰中国からもたらした。⑱「讖」は予言の意で、中国の讖緯説に基づく未来予言の書。

①続日本紀に「霊亀二年、年二

囲碁の名人との勝負で、どちらも「飛行自在の術」や「止封の術」などを駆使して切り抜ける。）

しかるにまた鬼来たりて云はく、「今度議《はか》る事有るも、我が力は及ばず。高名智徳《こうみやうちとく》の密④法を行《ぎやう》ずる僧の宝志《ほうし》に課《おほ》せしめて、鬼物もしくは霊人の告ぐるかとて結界《けつかい》⑤せしめて、文⑥を作りて、貴下に読ませんといふ事あり。力も及ばず」と云ふに、吉備術尽きて居たる間、案のごとく楼より下ろして、帝王の前にて、その文を読ましむるに、吉備目暗みて、およそこの書を見るに、字見えず。本朝の方に向かひて、しばらく本朝の仏神（⑦神は住吉大明神《すみよしだいみやうじん》、⑧仏は長谷寺《はせでら》観音《くわんのん》なり）に訴へ申すに、目すこぶる明らかにして、文字⑨ばかり見ゆるに、読み連ぬべき様《やう》なきに、蛛《くも》一つにはかに文の上に落ち来て、い⑩をひきてつづくるをみて読み了《をは》んぬ。よりて、帝王ならびに作者もいよいよ大いに驚きて、元のごとく楼に登らしめて、偏《ひと》へに食物《じきもつ》を与へずして命を絶たんとす。「今より以後楼を開くべからず」と云々。鬼物《おに》聞きて吉備に告ぐ。吉備、「尤《もと》も悲しき事なり。もしこの土《ところ》に百年を歴《へ》たる双六《すごろく》の筒《どう》⑪・簺盤《さいばん》⑫侍《はべ》らば、申し請けんと欲《おも》ふ」と云ふに、鬼云はく、「在り」と云ひて求め与へしむ。また筒、棗《なつめ》、盤《ばん》楓《かつら》なり。簺《さい》を枰《へい》⑬の上に置きて筒を覆ふに、唐土の日月《にちげつ》⑭封ぜられて、二、三日ばかり現れずして、上は帝王より下は諸人に至るまで、唐土大いに驚き騒ぎ、叫喚《さけ》ぶこと隙《ひま》なく天地を動《とどろ》かす。占はしむるに、術道の者封じ隠さしむる由推《おしはか》る。方角を指すに、吉備

十二、従㆑使入唐、留学受㆑業、研㆓覧経史㆒、該㆓渉衆芸㆒。我朝学生播㆓名唐国㆒者、唯大臣（吉備）及朝衡（阿部仲麻呂）二人而已。天平七年帰朝」（宝亀六年十月二日薨伝）とある。

②普通のことで負けてはならない。

③生きながらえることはむずかしい。

④秘密の行法。

⑤出入りできないよう封印して。

⑥野馬台詩（讖）。

⑦住吉神社（大阪市住吉区）の祭神。海路の神、軍神また和歌の神として信仰された。

⑧長谷寺（奈良県桜井市）の本尊の十一面観音菩薩。

⑨文字は見えるようになったが、読む順序がわからない。

⑩くもの糸。

⑪賽を入れて振りだすつつ。

⑫双六の盤。

⑬双六の盤の上面。

⑭扶桑略記に「夫所㆑受業、渉㆓

の居住する楼に当る。吉備に問はるるに、答へて云はく、「我は知らず。もし我を強く⑮冤《えん》陵《りよう》せらるるによりて、一日《ひとひ》、日本の仏神に祈念するに、自《おのづか》ら感応《かんのう》有るか。我を本朝に還《かへ》させらるべくは、日月何ぞ現れざらんや」と云ふに、「帰朝せしむべきなり。⑯早く開くべし」と云へり。よりて筒《どう》を取れば、日月ともに現はる。ために吉備すなわち帰へらるるなり」と云々。

⑰江師《がうそち》云はく、「この事、我慥《たし》かに委《くは》しくは書に見る事なしといへども、故⑱孝親朝臣《たかちかあそん》の先祖より語り伝へたる由語られしなり。またその謂《いは》れなきにあらず。太略《たいりやく》粗《ほぼ》⑲書にも見ゆるところ有るか。我が朝の高名はただ吉備大臣に在り。文選・囲碁・野馬台《やまたい》はこの大臣の徳なり」と。

（巻三の一話）

窮衆芸一。由レ是、大唐留惜、不レ許二帰朝一。或記云、爰吉備窃封二日月一、十箇日間、天下令レ闇怪動。令レ占之処、日本国留学人不レ能二帰朝一、以二秘術一封二日月一。勅令二免宥一、遂帰二本朝一」（天平七年四月二十六日条）とある。

⑮無実の罪でひどい目にあわせること。

⑯封を解くこと。

⑰大江匡房のこと。太宰権帥であったことからいう。

⑱橘氏で匡房の外祖父にあたる人物。この話の伝承経路を示す。

⑲口頭ではなく書かれた書物。

コラム

「日本紀」とは？

紫式部日記に「この人は日本紀をこそ読みたるべけれ」とみえ、また源氏物語蛍巻にも「日本紀などはただかたそばぞかし」とある「日本紀」は、いままで「六国史」を指すとされてきた。しかし「日本紀講筵《かうえん》」の場を想定した表現との説が、最近は有力である。「日本紀講筵」とは、『日本書紀』を通読することで、国家の起源に立ち返り、その神話的な記憶を皆で共有するための公卿殿上人たちの学習会で、天皇臨席のもと、漢学者を講師に招いて、長い時には数年の歳月にわたり行われた宮廷儀礼であった。その学習の場に持ちだされたのが「野馬台詩」という謎のテキストで、「日本紀講筵」が行われなくなった平安中期以降、日本の未来を先取りした予言詩として、人々の問で勝手な独り歩きをはじめる。

第十四講 みやびから外れて

◆ポイント◆ 平安後期という時代は、みやびな宮廷芸能とはひと味違い、いまだ野卑な面差しを残す芸能、「今様」を台頭させた時代だ。そんな時代の息吹を感じさせるのが、「虫めづる姫君」の物語であった。

堤中納言物語「虫めづる姫君」

◆つつみちゅうなごんものがたり「むしめづるひめぎみ」

「虫めづる姫君」は、十編の短編物語と断章からなる『堤中納言物語』の一編。『堤中納言物語』の成立については、「虫めづる姫君」を含むいくつかの物語を、鎌倉時代以降の成立とする見方があった。けれども今日では、いづれも、『源氏物語』より後で平安末期までの成立と見るのが一般的。作者については、「逢坂越えぬ権中納言」が小式部作であると判明している以外、不明。（本文は新編日本古典文学全集に拠った）

毛虫の好きな姫君

蝶めづる姫君の住みたまふかたはらに、按察使《あぜち》の大納言の御むすめ、心にくくなべてならぬさまに、親たちかしづきたまふこと限りなし。

この姫君ののたまふこと、「人々の、花、蝶やとめづるこそ、はかなくあやしけれ。人は、まことあり、①本地《ほんぢ》たづねたるこそ、心ばへをかしけれ」とて、よろづの虫の恐ろしげなるを取り集めて、「これが、成らむさまを見む」とて、さまざまなる籠箱《こばこ》どもに入れさせたまふ。中にも「②烏毛虫《かはむし》の心深きさましたるこそ心にくけれ」とて、明け暮れは③耳はさみをして、④手のうらにそへふせてまぼりたまふ。

若き人々は、おぢ惑ひければ、⑤男の童《わらは》のものおぢせず、いふかひなきを召し寄せて、箱の虫どもを取らせ、名を問ひ聞き、いま新しきには名をつけて、興じたまふ。

「人はすべて、つくろふところあるはわろし」とて、眉さらに抜きたまはず、歯黒め、「さらにうるさし、きたなし」とて、つけたまはず、いと白らかに笑みつつ、この虫どもを朝夕《あしたゆふ》べに愛したまふ。人々おぢわびて逃ぐれば、その御方は、いとあやしくなむののしりける。かくおづる人をば、「けしからず、⑥はうぞくなり」とて、いと眉黒にてなむ睨みたまひけるに、いとど心ちなむ惑ひける。

①仏が人々を救うために、神の姿となって現れる垂迹身に対して、本来の仏を言う。
②毛虫の古名。
③額髪を耳にかけること。
④掌。
⑤召使の男児。
⑥「凡俗」あるいは「放俗」の字音からと言う。だらしがないの意。

歌う姫君

この虫どもとらふる童べには、をかしきもの、かれが欲しがるものを賜へば、さまざまに、恐ろしげなる虫どもを取り集めて奉る。「烏毛虫《かはむし》は、毛などはをかしげなれど、①おぼえねば、さうざうし」とて、②蟷螂《いぼじり》・蝸牛《かたつぶり》などを取り集めて、歌ひののしらせて聞かせた

①詩歌に詠まれていないこと。
②かまきり。

まひて、われも声をうちあげて、「かたつぶりのお、つのの、あらそふや、なぞ」③といふことを、うち誦じたまふ。童べの名は、例のやうなるはわびしとて、虫の名をなむつけたまひたりける。けらを、④ひきまろ、いなかたち、いなごまろ・あまひこなむなどつけて、召し使ひたまひける。

③「蝸牛ノ角ノ何事ヲカ争フ石火ノ光ノ中ニ此ノ身ヲ寄ス」（和漢朗詠集、白楽天）
④おけら、ひきがえる、蜻蛉?、ばった、やすで。

参考 『狭衣物語』（六条斎院禖子内親王の女房宣旨の作と考えられている平安後期物語）

（新編日本古典文学全集）

母代局《ははしろつぼね》なるに、かくと人告げければ、急ぎ上りて、姫君のゐたまへる後ろの方の御帳下ろしたる所にゐたり。さなめりと見たまて、「いづら、琵琶うけたまはれと、上ののたまはせつるは」とのたまへば、母代、「いでや、なべての聞き知りたまふべうもはべらず。道ことにこそはべるめれ」といみじうしたり顔なるけしきことにて、琵琶を取り寄せて、姫君に奉るとて、「まづさるをつなげ」とささめくしも、例のあらはに教へられて、取り寄せて、いとしどけなく、ゆるゆるとつなぎたまふ。またさし寄りて、「その次には奏でう、奏でう」と肱して突くなれば、「鼬《いたち》笛吹く、猿奏づ」と弾きたまふを、母代いとめでたくおぼゆるを、堪へず心も澄みたちて、末に待ち取りて、扇打ち鳴らしつつ「蝗麿《いなごまろ》拍子打ち、「蟋蟀《きりぎりす》は」など、細めつつ、首筋引き立てて、折れ返りかひろぐ側顔《そばがほ》、御簾に透きて見ゆるは、をかしなどは世の常なり。明け暮れものむつかしき心の中《うち》、もの思ひ、今日ぞ皆忘れぬるに、思ふままに伏し転《まろ》びもえ笑はず、念ずるぞいとわびしかりける。二返《ふたかへり》ばかり弾きたまふに、いとわりなき声落とし上げ唱歌するに、いとどはやされて、ひき返しひき返し同じ蝗麿めきて、時もやうやう変るは、いとすべなく思ひたまふ。

コラム

和漢のことばを突き動かす芸能

平安後期、京の都ではさまざまな芸能が繰り広げられていた。みやびを食い破り、爆笑を誘う新たな芸能が台頭する。藤原明衡（治暦二年1066没）が、おそらくは晩年に記した『新猿楽記』には、そんな様子が活写されている。一つ一つの芸能の詳細はよくわからないものも多いが、なにやらいかがわしくもおもしろそうな芸能があれこれと書き記されている。（本文は日本思想体系8に拠った）

予、廿余年より以還《このかた》。東西二京を歴観《へみ》るに、今夜猿楽見物許《ばかり》の見事は、古今に於きていまだ有らず。就中《なかんずく》に呪師《のろんじ》・侏儒舞《ひきうとまひ》・田楽《でんがく》・傀儡子《くわいらいし》・唐術《たうじゅつ》・品玉《しなだま》・輪鼓《りうご》・八玉《やつだま》・独相撲《ひとりすまひ》・独双六《ひとりすごろく》・無骨《ほねなし》・有骨《ほねあり》、延動大領が腰支《こしはせ》・蝦漉舎人《えびすきとねり》が足仕《あしつかひ》。氷上専当《ひかみのせんだう》が取袴《とりはかま》・山背大御《やましろおほいご》が指扇《さしあふぎ》、琵琶法師が物語・千秋万歳《せんずまんざい》が酒禱《さかほかひ》。飽腹鼓《あいはらつづみ》の胸骨《むなほね》・蟷蜋舞《いもじりまひ》の頸筋《くびすぢ》。福広聖《ふくわうひじり》が袈裟《けさ》求め・妙高尼《あま》が繦緥《むつき》乞ひ、形勾当《けいこうたう》が面現《ひたおもて》・早《さう》職事《しきじ》が皮笛《かはぶえ》、目舞《さくわんまひ》の翁体《おきなすがた》・巫遊《かんなぎあそび》の気装貌《けしやうがほ》。京童《きやうわらは》の虚左礼《そらざれ》・東人《あづまうと》の初京上《うひ》、いはむや拍子《ひやうし》男《をのこ》共の気色《きそく》・事敢大徳《ことどりだいとく》が形勢《けはひ》。都《すべ》て猿楽の態《わざ》、嗚呼《をこ》の詞は、腸《はらわた》を断ち頤《おとがひ》を解かずといふことなきなり。

第十五講

「古典」への道筋

◆ポイント◆仏典や漢籍に価値の拠り所を求める参照（レファランス）行為は、僧侶や漢学者たちによる学問的営みとしてすでに行われていた。これを「和文」にも応用し、参照対象に選びとられたとき、『源氏物語』は新たな価値の拠り所として、仏典や漢籍と同等のあつかいをうける「正典」へと昇格する。「男もすなる日記といふものを、女もしてみむとてするなり」（『土佐日記』）と書き出されたように、女に化けなければ「和文」をあつかえなかった紀貫之のころと違って、今やおおっぴらに、男が「和文」を評価する時代を迎えたのである。

六百番歌合◆ろっぴゃくばんうたあはせ

建久五（一一九四）年成立の『六百番歌合』は藤原良経《よしつね》の主催により、当代一流の歌人たち（慈円《じゑん》・定家・家隆・隆信・有家・顕昭《けんせう》・寂蓮《じゃくれん》等）の歌が集められ、つがえられた。そうした中、判者の藤原俊成《としなり》は「源氏見ざる歌詠みは遺恨のことなり」と発言し、『源氏物語』の世界を踏まえているかどうかを、新たな秀歌の判定基準として打ち出した。当時の歌壇における新旧両派の対立を象徴するその判詞《はんのことば》は、「題詠《だいえい》」や「本歌取り」によって、実人生とはかけ離れたところに、言葉による美的世界を創り出して行こうとする新古今歌風を、いちはやく先取りする試みであった。（本文は新日本古典文学大系（岩波書店）に拠った）

十三番　枯野①

左　勝　　女房②

見し秋を③何《なに》に《ゝ》残《のこ》さん草の原④ひとつに変《かは》る野辺《のべ》のけしきに

右　　隆信朝臣⑤

霜枯《しもがれ》の野辺《べ》の⑥あはれを見ぬ人や秋の色には心とめけむ

右方申云、「⑦草の原《はら》」、聞《き》き《ゝ》よからず。左方申云、右歌《ノ》、⑧古《ふる》めかし。判云、左、「何《なに》に《ゝ》残さん草の原」といへる、⑨艶にこそ侍《はべる》めれ。右方人《ノ》、「草の原《はら》」、難申之《なんじまうす》条、尤《もつとも》⑩うたゝあるにや。紫式部、⑪歌詠《よ》みの程よりも物書《か》く筆《ふで》は殊勝也。其上《ノ》、⑫花の宴の巻《まき》は、殊《こと》に艶なる物也。源氏見ざる歌詠《よ》みは⑬遺恨《ノ》事也。右、心詞、悪《あ》しくは見《み》えざるにや。但《ただし》、⑭常《つね》の体なるべし。左歌《ノ》、宜《よろしく》、勝《かつ》と申《まうす》べし。

①本歌合ではじめてとりあげられた冬の歌題。②藤原良経（一一六九～一二〇六）を指す。③秋の草花が咲き乱れていた名残をどこに求めたらよいのか。④すべてが枯野一色の景色の中で。⑤藤原為経（寂超）の男（一一四二～一二〇五）。母が藤原俊成に再嫁したので定家とは異父同母の関係にある。似絵の名手として知られた。⑥野辺の荒涼たるさまの味わい深さ。⑦「草の原」はことばの響きがよくない。⑧古臭くて新味がない。⑨なまめかしく趣き深い。⑩不愉快で残念だ。⑪歌を詠むより物書く力は格段に優れている。⑫二月下旬の紫宸殿での花の宴の夜、源氏は恋慕する藤壺の姿を求めてさまよううちある女性と出会い、誰とわからぬまま契る。⑬残念である。評価に値しない。⑭ごくありふれた平凡な体。

無名草子《むみやうざうし》◆

『六百番歌合』に対抗し、女性の立場から『源氏物語』を中心に、広く王朝文芸全般にわたり論じた『無《む》名草子《みやうざうし》』は、作者未詳（俊成卿女《むすめ》かとされるが確証はない）ながら、「和文」を対象とした注釈研究のはしりとして注目される。失われた過去の文化に拠りどころを求め、それを反省的にふりかえるこうした営みの延長線上に、中世の学問研究（歌学・物語注釈学）は始まる。『無名草子』の本文は『無名草子』輪読会編『注釈と資料　無名草子』（和泉書院）、参考として掲げた『源氏物語』の本文は新編日本古典文学全集（小学館）に拠った。

又、
①「いみじき女は、おぼろ月夜の内侍のかみ。源氏ながされたまふもこの人のゆへ、とおもへば、いみじきなり。②「いかなるかたにおつるなみだにか」など③みかどのおほせられたるほどなども、いといみじ。

（中略）

また、はなのえんこそ、いみじけれ。④「おぼろ月夜にしく物ぞなき」などいふよりうちはじめて、そのほどのことゞもいといみじきに、また、⑤院のみかど、やまにこもらせたまひてのち、なをたちかへる、いとめづらしきに、⑥こゝろあはたゝしくて、

①たいそう不愍で悲しくあわれな様子。②源氏物語須磨巻に「さりや。いづれに落つるにか」とある。③朱雀帝のこと。④源氏物語花宴巻に「おぼろ月夜に似るものぞなき」とある。⑤朱雀院のこと。源氏物語若菜上巻に「院の帝は、月の中に御寺に移ろひたまひぬ」とある。⑥そわそわと、あわただしく。⑦若菜上巻の源氏の歌。あなた故に私がかつて須磨に落ちぶれの身となった苦しみも忘れないのに、今また懲りもせずあなた恋しさのゆえにきっと身を投げてしまうにちがいない。「こりず

⑦しづみしもわすれぬものをこりずまに身もなげつべきやどのふぢなみ　(33)

などあるも、いといみじくおぼゆ。

参考　源氏物語「花宴」

夜いたうふけてなむ①事《こと》果《は》てける。上達部《かんだちめ》おのおのあかれ、②后、春宮帰《かへ》らせ給ひぬれば、のどやかになりぬるに、③月いと明《あ》かうさし出《い》でてをかしきを、源氏の君、酔《ゑ》ひ心《ごこ》ちに④見過《みす》ぐしがたくおぼえ給ひければ、⑤上《うへ》の人々もうち休《やす》みて、かやうに思ひかけぬほどに、「もしさりぬべき隙《ひま》もやある」と、藤壺《ふぢつぼ》わたりをわりなう忍《しの》びてうかがひ歩《あり》けど、⑥語《かた》らふべき戸口《とぐち》もさしてければ、うち嘆《なげ》きて、⑦「なほあらじ」に、⑧弘徽殿の細殿《ほそどの》に立《た》ち寄《よ》り給へれば、⑨三の口《くち》あきたり。女御は、⑩上《うへ》の御局《つぼね》にやがて参《ま》う上《のぼ》り給《たまひ》にければ、人少《ずく》なるけはひなり。⑪奥《おく》の枢戸《くるゝど》もあきて、人おともせず。⑫「かやうにて世中《よのなか》の過《あやま》ちはするぞかし」と思ひて、⑬やをら上《のぼ》りてのぞき給《たまふ》。人はみな寝《ね》たるべし。いと若《わか》うをかしげなる声《こゑ》の、⑭なべての人とは聞《き》こえぬ、⑮「朧《おぼろ》月夜に似《に》るものぞなき」とうち誦《ず》じて、⑯こなたざまには来《く》るものか。いとうれしくて、ふと袖をとらへたまふ。女、⑰「おそろし」と思へるけしきにて、「あなむくつけ。こは誰《た》そ」との給へど、「何《なに》か、うとましき」とて、

ま」に「須磨」を、「藤波」に「淵」をかけてある。

---

①「花の宴」が終わった。②「后」は藤壺、「東宮」は後の朱雀帝。③「二十日あまり」の月なので、深夜に上る。④藤壺に近づきたく、落ち付いていられぬ思い。⑤清涼殿に宿直する人々。⑥手引を頼める女房の局の戸口。⑦やはりこのままではすまされまいとの思いで。⑧弘徽殿は清涼殿の北で、飛香舎(藤壺)の東隣。⑨細殿の北から三間目の戸口。⑩清涼殿の控えの間。⑪廂の間から母屋に通ずる枢戸。⑫源氏の心中思惟。⑬そっと細殿に上って、枢戸の中をのぞく。⑭並の身分の人(声)とは聞こえぬ女が。⑮大江千里集「照りもせず曇りもはてぬ春の夜の朧月夜にしくものぞなき」。⑯こちらに来るではないか。⑰男女関係を強調する呼称。⑱あなたが深夜の風情がおわかりなのも、入り方の朧月をめでてのことだろうが、その

⑱深《ふか》き夜のあはれを知《し》るも入《いる》月のおぼろけならぬ契《ちぎり》とぞおもふ

とて、やをら⑲抱《いだ》き下《お》ろして、⑳戸《と》はおし立《た》てつ。㉑あさましきにあきれたるさま、いとなつかしうをかしげなり。わななくわななく、「ここに、人」とのたまへど、「まろはみな人にゆるされたれば、召《め》し寄《よ》せたりとも、なむでふ事かあらん。たゞ忍《しの》びてこそ」との給ふ声《こゑ》に、「この君《きみ》なりけり」と聞《き》き定《さだ》めて、いささか慰《なぐさ》めけり。㉒「わびし」と思《おも》へるものから、「なさけなくこはごはしうは見《み》えじ」と思《おも》へり。酔《ゑ》ひ心《ごこ》ちや例《れい》ならざりけん、ゆるさむ事はくちをしきに、女も若《わか》うたをやぎて、㉓強《つよ》き心も知《し》らぬなるべし、「らうたし」と見《み》給ふに、ほどなく明《あ》けゆけば、心あわたたし。女はまして、さまざまに思《おも》ひ乱《みだ》れたるけしきなり。「猶名《なほな》のりしたまへ。いかで聞《き》こゆべき。かうてやみなむとは、さりともおぼされじ」との給へば、

㉔うき身世にやがて消《き》えなばたづねても草の原《はら》をば問《と》はじとや思《おも》ふ

と言《い》ふさま、㉕艶《えむ》になまめきたり。「ことわりや。㉖聞《き》こえ違《たが》へたる文字《もじ》かな」とて、

㉗「いづれぞと露のやどりを分《わ》かむまに小笹《こざゝ》が原《はら》に風《かぜ》もこそ吹《ふ》け

㉘わづらはしくおぼす事ならずは、なにかつつまむ。もし、すかい給ふか」とも言《い》ひあへず、人々起《お》きさわぎ、上《うへ》の御局《つぼね》にまゐりちがふけしきどもしげく迷《まよ》へば、いとわりなくて、扇《あふぎ》ばかりをしるしに取《と》りかへて出《い》で給ひぬ。

月に誘われ出てきた私にめぐり逢うというのも、並々ならぬ縁ゆえと思いますよ。⑲枢戸の内側（母屋）から抱いて出て、細殿（廂の間）に降ろす。⑳枢戸を閉じ、「三の口」もすでに閉じておいた。㉑あまりの意外さに呆然としている（女）の様子は、実に人なつこくいかにもかわいらしい感じがした。㉒（女は）困ったとは思うものの、興ざめで強情な女とは見られまいと。㉓強く拒む意思。㉔「草の原」は墓の意。伊勢物語六段「芥川」を踏まえる。㉕魅力的で趣き深い。㉖申しそこねました。㉗「露のやどり」は女の住まいを、「小笹が原の風」は世間の噂をいう。㉘あなたが迷惑でないのなら、どうして私は世間に遠慮しよう。

◎編者◎
井上　眞弓（いのうえ　まゆみ）
東京家政学院大学教授
担当：第２・４・６・８・11講

鈴木　泰恵（すずき　やすえ）
岐阜女子大学教授
担当：第３・５・９・12・14講

深沢　徹（ふかざわ　とおる）
神奈川大学教授
担当：第１・７・10・13・15講

平安文学十五講

発行日	2012年４月５日　初版第一刷 2017年３月22日　初版第三刷
編　者	井上眞弓 鈴木泰恵 深沢　徹
発行人	今井　肇
発行所	翰林書房
	〒151-0071 東京都渋谷区本町1-4-16
	電 話　(03)6276-0633
	FAX　(03)6276-0634
	http://www.kanrin.co.jp/
	Eメール●Kanrin@nifty.com
装　釘	島津デザイン事務所
印刷・製本	メデューム

落丁・乱丁本はお取替えいたします

ISBN978-4-87737-329-0